異世界召喚に巻き込まれたおばあちゃん

森でのんびりさせていただきます

Yunosu Natsumoto

夏本ゆのす

イーヴァ
《緑の風》の斥候《せっこう》職。
人を避けているが、
コーユには心を開く。
イリス
《緑の風》の治療士。
コーユのお世話係で心配性。
コーユ（榎《えのき》 幸《こう》裕《ゆ》）
異世界召喚に
巻き込まれた本作の主人公。
優しくて特に子供には甘い。
料理が得意。

護衛隊
《緑の風《ヴァンベール》》
サパン
《緑の風》の剣士。
エルムの弟。
冷静沈着で、寡黙《かもく》。
エルム
《緑の風》のチームリーダー。
常識人で、仲間想い。
コーユの起こすドタバタで
胃が痛い。
シェヌ
《緑の風》の剣士。
チームのムードメーカー。
コーユとは仲良し(?)コンビ。
characters
登場人物紹介

1　プロローグ

ころころころ……

孫夫婦の家に仮住まいしていた私――榎幸裕《えのきこうゆ》が自分の家に帰る途中、坂道を上っていたら、足元に小さなぬいぐるみ（？）が転がってきたのですが……

何かしら？　これ。

あ、ストラップっていうものかしら？　確か、孫娘のしんちゃんが学生の頃にリュックに下げていたわ。

これ、どなたのでしょう？　坂を転がってきたけれども。

顔を上げると、坂の上に高校生くらいの子たちが何人か見えました。

あ、あのお嬢さんのなのかしらね、キョロキョロしてらっしゃるし。

ではでは、届けてあげましょうね。

肩に掛けたバッグを背中に回し、パンパンになっているキャリーバッグを引いて、私は坂を上り始めます。

引っ越しの荷物はあまり多くなかったのだけど、面白そうな物産展を見つけたからつい寄り道して、たくさん買い込んでしまったのよね。

よいこらしょ、よっこいしょ……荷物が多くて重くて、なか、なか、進まないわ……はぁ。

仕方ないわね、年だもの。

でも、これからは一人で暮らすのだから、自分の物くらいは運べなきゃいけないわよね。

少しずつあの子たちに近づいてきたけれど……はぁ、坂って結構たいへんっ。

えっ？　何？

あの子たちの周りが光ってる？

よくわからないけれど、地面に光が走って――あ、私の足元まで光が……

逃げる間もなく、私は光に包まれました。

◆
◆
◆

ここは、どこ？　何もない、真っ白な空間。

私は……確か今日、しんちゃんの家から引っ越して……そう、足元が光ったのよ！

それで……どうしたのかしら。

あら？　自分の身体が見えないわね。一体どうなっているの？

「あーそろそろ、いいでしょうか」

きゃあっ！　何？　誰？

いつの間にか、目の前には一人の男性が立っていました。

ひょろりとした体形。一重の眠たげな目。笑っているのか泣いているのか判然としない口元。

ですが、その銀色の瞳と長髪は見事ですね。

……外国の方かしら？　真っ白な変わったデザインの服を着ているけど、とても優しそうね。

「あー、いわゆる神と呼ばれているものですが」

あら。口に出してないのに答えてくれたわ。手品かしら……なぜか声を出せないので、私は助かりますけど。

それにしても、自分のことを神様だなんて、何を言ってるのかしらね。もしかして悪戯《いたずら》？

「いえいえ、悪戯ではなく本物の神です」

年寄りだからってからかわないでよ？

私がじっと睨《にら》みつけると、その男性は眉を下げました。

「だから、本物の神です。あなたは、とある現象に巻き込まれてお亡くなりになりました」

えっ、私、死んじゃったの？　どういうこと？

これから一人でのんびり暮らす予定だったのにっ。

何かと世話を焼いていた孫が所帯を持ったから、安心して隠居することにしたの。

やっと、のんびりできるはずだったのよ？　やりたかったこと、これからするつもりだったのに！

私は光に包まれただけ。どうして死ななきゃいけないのかしら。

私が驚きつつも怒りをぶつけると、男性は深々と頭を下げました。

「すみません。自分たちの国の滅亡を防ぐため、勇者召喚をした世界がありまして」

はぁ？　何それ。言っている意味がさっぱりわからないわ。

「力のある少年たちを召喚した環《サークル》に、あなたの半身が巻き込まれたのです。彼らは全身が召喚されたので、無事なのですが」

えっ？　つまり、半身が巻き込まれた私の身体って……

「ええ。大変申し訳ないのですが、あなたは元の世界では身体が潰《つぶ》れた状態になり、この世界には精神と巻き込まれた荷物だけが召喚されています」

死んじゃったのね。魂だけなんだ……

ん？　荷物？

「ええ。荷物もこちらに来ています。お詫びといってはなんですが、身体を再構築いたしますので、こちらの世界で生きていかれませんか？」

……誰も知らないところで？　一人で？　私、日本語しかできないのに。

「こちらの言語はすべて理解できるようにします」

なら安心ね。ああ、でも病院はあるかしら。年寄りだから持病があるのよ。

「再構築するので、若返れますよ。そういう力も付与します。そうそう、この世界には魔法もあります。どのような力が欲しいですか？」

魔法っ！　メルヘンですのね。憧《あこが》れるわ。

そうね～、お水とか出せると便利ですよね。

「では、生活に便利な魔法をいろいろ使えるようにしておきます」

最初はショックだったけれど、何だか楽しみになってきたわ。

ちょうど一人で暮らすところだったのだもの。ちょっと場所が変わったと思えばいいわよね。

ただ、孫に会えなくなったのは寂しいけれど。

「頑張ってくださいね～。あ、荷物はすべて〝ポケット〟に入れておいたので。ポケットをイメージすれば、そこから出し入れできますから、むこうで落ち着いたら確認してください。何かあったら教会を訪ねてくださいね」

はいはい。

と思ったのも束《つか》の間《ま》、神様はパチンと指を鳴らしました。

その直後、私は光に包まれて——

あ、何だか目が回る……

◆◆◆

ここは、どこかしら。床は石畳《いしだたみ》みたいね。冷たい……

ああ、寝ている場合じゃないわ。起きないと。よっこいしょ……

きょろきょろと周りを見渡してみたけど……映画に出てくる西洋のお城みたいなところね。天井が高くて、遠くには大きな扉があるわ。

あ、あっちにいるのが、本命の召喚された少年たち？　さっき、坂の上にいた子たちよね。

ガシャっと重そうな扉が開いて、煌《きら》びやかな服装の方々が――王冠を被《かぶ》った太っている人と、従者のような人が二人。

ゆっくりと少年たちの前に歩み寄って……王冠を被った人が偉そうに咳払いをして話し始めたわ。

「我《われ》が其方《そなた》たちを召喚したトアル国の王、アル・コールである。今、この国は魔王によって、危機に瀕《ひん》しておる。それゆえ、神の御告げにより異なる世界から勇者を召喚した。それが其方たちだ。魔王を滅すれば異世界への帰還の環《サークル》が現れる。よいか、我らとともに魔王を滅ぼすのだ！」

えっ、そうなの。あなた方が私たちを召喚したのね。

私が驚いて見ていると、少年たちは王様を鋭く睨みつけました。

「何を勝手なこと言ってるんだ。俺たちにはこの世界なんて関係ないだろう」

「帰してよ、すぐに帰してよぉ」

「異世界召喚だと……ラノベか……」

「俺が勇者？　マジか」

まぁまぁ、混乱しているわね。当たり前だわ。

中には、やる気になっている子もいるみたいだけど……大丈夫かしら。

それにしても、「らのべ」って何でしょう？

「ステータスを見てみよ。職業《ジョブ》があるだろう。其方らの中に勇者のジョブを持つ者はおるか」

ステータス（?）って何？

あ、あの子たち、何かしてる。ん？「ステータスオープン」って言えばいいのかしら。

私もこっそり試してみましょう。

「ステータスオープン」

【名　前】コーユ
【年　齢】７０
【職　業《ジョブ》】巻き込まれたおばあちゃん
【Ｈ　Ｐ】６０
【Ｍ　Ｐ】１０００
【属　性】※※※※※
【スキル】緑の手

目の前に文字が浮かんできたけれど……何かしら、これ。一部読めないわね。

「あ、俺、勇者だ」

「私、聖女だわ」

「聖騎士だ」

「……」

少年たちも試したみたい。みんな、賑《にぎ》やかねえ。

一人だけ黙っている子がいるけど、どうしたのかしら。

「そこの年寄りっ。お前も勇者なのか」

「えっ？」

王様に突然声をかけられて、びっくりしちゃった。

ええと、私の職業《ジョブ》は……

「あの、私は〝巻き込まれたおばあちゃん〟だそうです」

「何？　聞いたこともないおかしな職業《ジョブ》だが……偶然環《サークル》に入っただけのただの役立たずか。お前はどうしたい。勇者たちが帰還の環《サークル》を出すまで、城の厨房ででも働くか？」

お城で？　そんなの嫌よ。私、やりたいことがあるんですもの。

「あの、お役に立てることなど何もなさそうなので、どこか田舎で畑でもしたいのですが、よろしいでしょうか」

王様は興味なさそうに、ふんっと鼻を鳴らして頷きました。

「よし、わかった。まぁ、こちらにも巻き込んでしまった落ち度はあるからな。支度金をやるから、街で働くがよい」

「ありがとうございます。すぐに出発いたします」

門番さんから街にあるいろいろな施設の場所を聞き、城下に行きました。それはもう、すぐに。

危機に瀕している？　何の冗談かと思ったわよ。

あんな趣味の悪い金ピカな服装で、ブクブクに太って。

我らとともに、じゃないでしょう。本心は、〝お前たちだけで戦ってこい〟ってことよね。

まあ、私はおばあちゃんだし。戦えるわけないから、下働きさせようって？　見え見えよねぇ。

とりあえず、街から出て田舎の村に行く方法を探さなきゃね。

門番さんは、まずギルドに行けって言っていたかしら。

ギルド、ギルド……

街の大通りをキョロキョロしながら歩きます。

街の人は皆、変わった格好をしているわねぇ。髪の毛の色もカラフルで。やっぱり、ここは異世界ってところなのかしら。

あら、パン屋さん？　美味しそうなパンがあるじゃない。

通り沿いに、カウンターでパンを売っているお店を見つけました。

おいくらかしら。支度金をいただいたから、少しはお金があるのよね。

「ご主人、このパンはおいくら？」

「商品の下に書いてあるだろう。ばあさん読めねえのか。銅貨二枚だ」

「ごめんなさいね、年寄りなので見えにくいのよ。それと、銅貨は持ってないの。パンを五ついただきたいのだけど、銀貨で大丈夫かしら」

「仕方ねえな」

お店のご主人はパンを五つ袋に入れて渡してくれました。

肩掛けバッグから銀貨を渡して、お釣りを貰《もら》います。

神様（?）は、荷物は全部ポケットに入ってるって言っていたけれど、肩掛けバッグはそのままだったのよね。だからバッグの中に、あの偉そうな王様から貰ったお金を入れたわ。

でも……さっきバッグの中を見たら、王様に貰ったお金よりも多かったような？　まあ、今はいいわね。後で確認しましょう。

それから私は、早速袋の中のパンを少しだけちぎって味見します。

このパン、ドイツ風の黒パンみたい。少し酸味があるけど、薄く切って具材を載せると美味しそう。こういうの好きだわ。

そうそう、ギルドに行くんだったわね。年をとると忘れっぽくて嫌ね。

「ご主人、ギルドってどちらでしたかしら。道に迷っちゃって、わからなくなってしまったの。教えてくださる？」

ご主人は頭を掻《か》いて肩をすくめました。

「はあ、ばあさん、大丈夫かい。ギルドに何しに行くんだい？」

「どこか田舎に引っ越したいと思いましてね。護衛を頼もうかと」

「どこかって……ばあさん、少しは考えような？　行き先も決めてないなんて、あんた、それじゃ無理だよ」

ええ……考えた結果、この国を出たいのよ。

でも、そうよね。〝どこか〟じゃ、護衛を頼むのは難しいわよね。

そうだわ、保養地を聞いてみましょう。そこに行けばいいわ。

「この辺りで静かな保養地を教えてくださる？　私、この国に着いたばかりでよくわからないのよ」

「ほお、外国の人だったのかい。一人で来たのか？」

「そうなの。夫も子も亡くしたから、国にはいたくなくて。乗り合い馬車を使って一人で来たのだけれども、ここがどこなのかさえわかってなくて」

そう言うと、ご主人は大きくため息をつきました。

「……あんた、危なっかしくて見てられねえや。ちょいと待ってな。うちのマリスにギルドまで案内させるよ。今手紙を書いてやるから、着いたら受付のアンナに見せるんだぞ。そうすれば、何とかしてくれるだろうさ」

「まあ、なんてご親切に。ありがとうございます」

パン屋のご主人に丁寧に頭を下げると、「いいってことよ！」と笑って返してくれました。

それから、パン屋の坊っちゃんのマリスくんに連れられてギルドに向かい、歩いて数分ほどで着きました。

ところで、ギルドって何屋さんなのかしら。

「おばあちゃん、あの髪の赤い人がアンナさんだよ」

ほうほう、見事な赤髪ねえ。

じゃあ、パン屋さんが書いてくれたお手紙を出して。早速カウンターで声をかけます。

「素敵な保養地までの護衛を依頼したいのですが、こちらでよろしいでしょうか」

「はい。あ、お手紙ですか？　ちょっと拝見します……なるほど。保養地で静養したいので、宿か家を借りたいということですね。では、まず行き先を決めましょう。滞在期間とご予算にもよりますが……」

赤髪のアンナさんは地図と物件情報をカウンターの上に広げ始めました。

「こちらは湖に近い保養地デライクです。このあたりは穏やかな気候なので人気がありますし、貴族も多くて治安も文句なしですわ」

そう言うと、ペンの先で場所を示してくれました。

でも、そこはお金も気も使いそうね……

「次に、こちらが深遠の森に近いティユルです。冒険者が多い街ですが、温泉があるため湯治《とうじ》にいらっしゃる方もいます。デライクより治安に不安はありますが、ギルドも目は光らせているつもりです」

何ですって、温泉!?　あるの？

地図を見る限り、王都から遠いのも嬉しいわね。

「ところで、期間と予算はどのくらいを……？」

おずおずとアンナさんが聞いてきました。

「滞在期間は具体的には決めてませんけれど、少なくとも数ヶ月は暮らしたいですわね。とりあえず、予算はこれで足りるかしら。そこまでの旅費、滞在費込みでお願いします。護衛の方には街まで連れていっていただければ」

そうね、保養地でしばらく暮らして……そこからは後で考えますわ。

私が肩掛けバッグの中のお金を見せると、アンナさんは目を見開きました。

「は、白……金貨……滞在されるのは何名でしょうか。見たところお一人のようですが……」

唖然《あぜん》とした表情のまま、アンナさんは問いかけてきます。

「ええ。一人ですわ。ようやく一人暮らしできますの」

はあぁ……と、アンナさんが首をふりふりため息をついています。

あら、とても大きなため息ね。

「危ないです。とても危険です」

カウンターから身を乗り出して、私の肩に手を置いて言いました。

「あら、大丈夫ですわ。家事はこなせますのよ。お料理もお掃除もお洗濯も。この年ですからね。一通り経験はあります」

「そうではなく。一人暮らしは危険ではないでしょうか。誰かお手伝いを雇うとかお考えになったほうが……」

あら、こちらだと一人暮らしというのは珍しいのかしら。

「……では、ご予算と状況を考慮しまして、治安の良いデライクということで……」

「ティユルでお願いします。物件はどのようなものがありますか？　できればこぢんまりとした庭付きか畑付きがいいのですけれども」

アンナさんはデライクがお薦めみたいですけど、私は王都から遠いティユルがいいわ。

「ティユル……わかりました。二、三件はご希望に添いそうな物件がありますので、直接見てからお決めになるのがよいかと思います。ティユルまでの護衛を募集しますので、二、三日お待ちいただけますでしょうか」

「あ、はい。では、明後日《あさって》に参ります。あ、でも……」

「何でしょう？」

「今夜はどうしたら……この辺りで良い宿はありますかしら」

「宿も決めていらっしゃらなかったとは……少々お待ちください」

アンナさんは紙にさらさらと何かを書き、手渡してくれました。

「ギルドの前の通りを右手に進み、二つ目の角を右に折れた二軒目に、『ミャオの寝袋』という宿があります。そこで、この手紙をお出しください。アンナの紹介と言ってくだされば通じますから」

紹介状ですのね。なんて親切な方。

アンナさんに感謝の言葉を述べた後、早速宿に向かうため踵《きびす》を返そうとしました。

すると、服の裾《すそ》を引っ張られ、腰の辺りから声がします。

「おばあちゃん、『ミャオの寝袋』に行くの？　僕、案内するよ」

どうやらマリスくんが私を待っていてくれたみたいです。

「ありがとう。お願いしてもよろしくて？」

皆さん、優しくて……涙がこぼれそう……

そうして、マリスくんに連れられてギルドを出ました。

「おばあちゃん、こっちだよ～」

「ちょっと待ってね。あまり速くは歩けないの」

「おばあちゃん、手を繋《つな》ごうか？　また迷子になるよ？」

ま、迷子……私ったら迷子だと思われてたの？

でも、仕方ないのかしら。確かにこの世界に来た迷子みたいなものですもの。

マリスくんと手を繋ぎ、パン屋の人気メニューの話などをしながら宿に向かいます。

宿でアンナさんの紹介状を見せると、すぐに二階の部屋に案内されました。

明後日までの二泊分の宿代を先払いし、一息ついたところで受付の方にお願いして、たらいにお湯をいただきます。

それから手足を洗うと……いつの間にか、ベッドで眠ってしまってたわ。

本当に、疲れていたんですもの。

【パン屋　イグランの呟き】

なんとまぁ、危なっかしいばあさんがいたもんだ。

生地は高級そうで皺《しわ》がない、スカートかズボンかわからない変な服装。

言葉は丁寧で優雅な動き。いや、のんびりか。

だが、まったく人を警戒しないのはおかしいんじゃないか。

一人暮らししたいと言って、単身で乗り合い馬車を使うとか？　目が弱って文字も読めないのに、一人で保養地まで行くとか。

荷物だって、旅をしているというのに肩掛けのバッグ一つきりだ。

しかもばあさん、バッグからいきなり銀貨を掴《つか》んで出すし。財布にさえ入れてないのかよ。

まあ、あんとき金貨もちらっと見えたから、財布が買えないとかいう話じゃないんだろうが。

強盗に遭《あ》うなんて考えてもいないんだろうな……

アンナ、頼んだぜ。何とかしてやってくれ。


【冒険者ギルド　アンナの呟き】

危なっかし過ぎる。一人で歩かせちゃ駄目でしょう‼

あのおばあさんに白金貨を見せられた時には冷や汗かいたわよ。

危ないですと注意しても、一人暮らしはできる、料理も洗濯も掃除も大丈夫だなんて。

家事の心配なんてしてないのよ、こっちは。騙《だま》されたり、強盗に遭ったりするんじゃないかって言ってるのに。

まあ、普通の人にはそんなこと言わないわよ。平民は皆、そんなものだし。

でも、あれはないわ。のほほんとしているうちに、身ぐるみを剥《は》がされてしまいそうな気がする。

やんごとない家の奥様だったのでしょうけど……もう少し警戒心というものを覚えたほうがいいと思ったのは、私だけじゃないはず。

マリス、ちゃんと宿まで案内してね～頼んだわよ!!


【パン屋の息子　マリス十歳の呟き】

あのおばあちゃんの手……とても柔らかかった。温かくて。

僕にも丁寧な言葉で話してくれて……一人きりで暮らし始めるんだって、少し寂しそうにしてた。

旦那さんも子供も死んじゃったんだって。

大丈夫かなぁ、すぐに迷子になるみたいだし。

僕んちのパン屋に来たときも、ギルドに行こうとしてたのに、美味しそうな匂いにつられちゃったんだって。

おばあちゃん、本当に大丈夫？

2　ギルドへ

ああ、よく寝たわ。

目が覚めると、見慣れない部屋にいました。

ここはどこかしら……あ、そっか。私、異世界に来たのだったわ。それで、宿に泊まったのよね。

しんちゃん……会いたいな……

ううん。私はもう死んじゃってるのよね。お葬式、ちゃんとやってもらえたかしら。迷惑かけちゃったわね。

まあ、しんちゃんにはもう旦那さんがいるのだから、私が心配しなくても大丈夫よね。孫の結婚式に出られただけでも、良しとしましょう。

さて、今日は何から手をつけましょうか。

まずは荷物の確認ね。確か神様（？）はポケットに入れたって言っていたわ。あとは肩掛けバッグの中のお金も確認しないとね。

王様に貰った支度金は金貨二枚と銀貨五枚だったはずなのに、パン屋で支払おうとバッグを見たらなぜか白金貨が五十枚あったのよね。誰がくれたのかしら……って、神様しかいないわよね。

持っていた預金通帳と現金の分かしら。あれをこの世界の通貨に換金してくれたのでしょう。ナイス神様。

私はすっかり頭から抜けていたわ。お金がないと生きていけないわよねえ。

さて、ポケット、ポケット……あ、これかしら。

目を瞑《つむ》って大きなポケットをイメージし、懐《ふところ》を探ってみると確かにありました。

宣伝文句で〝十日分は入る〟って書いてあったかなり大きめのキャリーバッグだけど、本当にポケットから出せるのかしら。

昨日はバタバタしていて汗をかいたのに、疲れすぎてて手足を拭《ふ》くだけで寝ちゃったのよ。お着替えもしないとね。よいしょっと。

キャリーバッグは出せたけれど、なんだかこの世界には場違いな感じ。

まあ、いいわ。神様が持たせてくれたのだから、問題ないでしょ。

いろいろ詰め込んでいるのよ。洋服に洗面道具、化粧品や薬、おやつと調味料、その他諸々。

だって、デパートで面白そうな物産展をやっていたのですもの。つい買っちゃうわよね。

黒糖や蜂蜜、ハーブ、ビスケット。藻塩《もしお》に味噌《みそ》、出汁《だし》パック。料理本と家庭の医学の本、それからお庭に植えるつもりだった種、などなど。

いろいろ入っているわねぇ。雑多なのは仕方ないわね、私だもの。

とりあえず着替えて朝食にしましょう。薄緑のハイネックのシャツと、深緑のワイドパンツに着替えます。上に羽織《はお》るカーディガンは黒で。

あ、お金は少し分けて持っていたほうがいいかしら。白金貨五十枚と金貨一枚はスカーフに包んでキャリーバッグに入れておきましょう。

肩掛けバッグには、金貨一枚と銀貨、銅貨でいいかしら。

宿泊費は二泊三日で銀貨三枚でした。黒パンは一つ銅貨二枚、五つなら銀貨一枚くらいかなって思っていたのに、銀貨一枚を出したらお釣りがじゃらじゃら返ってきたのよ。どこかでお金のことを教えてもらわないと。

きゅーくるくる……

お腹が限界みたい。そういえば、昨日の朝にいただいたきりだわ。

キャリーバッグをポケットに戻したら食事に行きましょう。

何があるのかしら、この世界。楽しみだわ～。


宿の一階は食堂になっているみたいです。美味しそうな匂いがしてきました。

下りてみると、食堂はお客さんがいっぱいいて賑やかです。

「おはようございます。朝食を召し上がりますか～」

食堂の入り口でキョロキョロしていると、ふくよかな女将《おかみ》さんが声をかけてくださいました。

「はい。どのようなものがありますか？」

ワクワクして聞いてみます。どんな料理があるのでしょう。

「朝はパンとスープですよ」

あら、選べるわけではないのね。

「では、それをお願いします」

とりあえず頭を下げてお願いしました。それから空いている席に腰を下ろします。

「はぁいよっ」

威勢のいい掛け声とともに運ばれてきたのは、木の椀に盛られた具だくさんのスープです。あとは黒パンの薄切り二枚だけ。

周りを見回すと、パンはちぎってスープに浸《ひた》しながら食べるようです。

初めての異世界のお食事。ふふふん。楽しみね。

まずはスープに入っているお芋みたいなものを、スプーンで掬《すく》って食べました。茶色いけど、じゃがいもみたいね。

次は真っ白な具をもぐもぐ。うん、人参《にんじん》ぽい味。

お肉は何かな～。豚肉かしら。素材の味がするし、よく煮込んであるのだけれども、味付けは塩だけみたい。少ししょっぱいわ。

パンをスープに浸してみると……あら、美味しいわね。少し酸味のあるパンに塩味がついて。

でも……私は少し高血圧気味。スープは全部飲まずに、パンを浸すのも少しだけにしましょう。

のんびり暮らす前にまた死ぬのは嫌だもの。

だから、パンはそのまま食べましょうね。

もきゅもきゅもきゅ……硬いです。まだ歯は揃っていますが、柔らかいほうが好きです。

噛めば噛むほど味は出るのだけど。はぁ、パンに口の中の水分も持っていかれるわ。

飲み物はお水だけみたい。朝ですものね。でも、お茶くらいは欲しかったわ。

周りを見渡しても、お茶を飲んでいる方はいません。ということは、お茶がとても高価か、お茶を飲む習慣がないということなのでしょう。

お茶が飲みたいわ。緑茶や紅茶とは言いません。せめて、ハーブティが飲みたいです。

料理用のハーブは持っているけれど、早めにお茶に向いたハーブを探しましょう。

コーヒーもできれば……なければ豆を煎《い》ってコーヒーもどきでもいいわね。

これは急務です。生活する上で!!

今日は、市場を見て回ることに決めました。私ののんびり生活のために。


食事を終えた私は出かける準備をして、一階に下りて入り口にいる女将さんに声をかけます。

「出かけてきますね。鍵はこちらに預ければいいのかしら?」

女将さんは頷いて、今日の夕食はどうしますかと尋ねてきました。

夕食の話をされたということは、お昼は外で食べてくださいということなのかしら。

夜は疲れているでしょうから、こちらでいただきますと答えて出発です。

この世界を知るために、本か何かを探しましょう。あと、市場でお買い物と昼食ね。

することはたくさんあるけれど、道がわからないわ。困ったわね。

あ、そうよ。ギルドで案内人を雇えばいいんじゃない?

そうと決まれば、ギルドに急ぎましょう。


……で、ギルドに着いたのはいいのだけれども……中に入れません。

出入り口には、体格のいい方が行き交っています。ものすごい混雑です。

えっと。どうしましょう……

「……ぁ…ぁの……」

後ろから何か声が聞こえます。

「はい。なんでしょう？」

振り返ると……誰もいません……

つんつんとズボンが引っ張られる感じがして視線を下に向けると……あらまぁ、マリスくんではありませんか。

「マリスくん、おはようございます」

「おばあちゃん、おはようございます。ギルドに用事？　中に入りたいの？」

まぁ、よくわかったわね。察しの良い子ですわ。

「そうなの。ちょっと頼みたいことがあったので。でもねえ、人が多くて」

「早朝のギルドは混んでるんだ。いい依頼は早い者勝ちだもん」

「まあ、そうだったの。う～ん……でも、出直すのもねえ……」

「じゃあ、ちょっと待ってて。頼みたいことがあるんだよね。アンナさんを呼んでくる」

マリスくんは、人の間を縫《ぬ》うようにしてギルドの中に入っていきました。

若いっていいわ。あの身のこなし……私には難しいでしょうね。


しばらくすると、マリスくんがアンナさんを連れてきてくれました。

どこか慌てた様子で、アンナさんは昨日より少し早口で問うてきます。

「コーユ様、お約束は明日だったかと……何か急用でも？」

「ええ。別口で今日依頼したいことがありまして」

「ああ、そうなのですね。では、中でお伺いいたします。どうぞ、こちらへ」

アンナさんは、昨日と違って部屋に案内してくれました。なぜでしょうか。

ちなみにマリスくんは私の側《そば》にいてくれています。なんていい子なのかしら。

アンナさんが椅子を勧めてくれたので、マリスくんと並んで座りました。木製の長椅子です。

ギルドに入るまでちょっと時間がかかって、疲れていたので助かったわ。

「別口のご依頼とはどのようなものでしょう」

「街の観光もしつつ、買い物や教会、図書館などもあれば行ってみたいのです。道案内と護衛、荷物持ちをお願いできる方を募集していただけますか？」

「観光……ですか……わかりました。急な依頼ですから、銀貨五枚でいかがでしょう」

「はい、それでお願いいたします」

「では、依頼をして参りますので少々お待ちください。請け負う人が見つかるまでの待ち時間で、明日からの予定についてお話しさせていただいてもよろしいでしょうか？」

私が頷くと、アンナさんは微笑んで席を立ち、依頼を出すために部屋を出ていきました。

なるべく早くいい方が見つかるといいけど。時間は有限ですもの。

「おばあちゃん、どこを見たいの？　僕が案内するよ？」

マリスくんたら、優しいのね。でもね、荷物も持ってもらいたいし。

「ありがとう。けれど、お買い物もしたいの。荷物が多くなるだろうから、マリスくんには大変よ。

ごめんなさい、気持ちはとっても嬉しいんだけど」

「ううん。僕が勝手に言ってみただけだし。でも、どこが見たいの？」

「うふふ。市場でしょ？　教会？　あと、図書館ってあるかしら。ああ、そうだわ。ちょっと教えてくださる？　こちらのお金の単位。私は外から来たから、よくわからなくて。でも、換金はしてあるのよ？」

話しながら思い出しました。貨幣単位が未《いま》だにわかってないことを。

いろいろ持っているんだけど、結局わからないから言われた通り払っています。ぼったくられても気づかないなんて、困るわよね。これから市場を回ってみるつもりなのに。

昨日は親切な方々に助けられたから良かったものの、これからもずっと周りにそういう人がいるわけじゃないと思うのよ。

今頃になって、やっと気づきました。あの神様という方に出会ってからずっと夢心地のままだったけど、しっかりしなきゃいけないわよね。

捲《まく》し立てるような私の質問に、マリスくんは呆然としてしまいました。

ずいぶん早口になってたものね。ああ、どうしましょう。

彼はハッと我に返ったみたいになってから、私に問いかけます。

「お金のことを知りたいの？　あのね、鉄貨と銅貨と銀貨と金貨と……」

マリスくんは丁寧に教えてくれました。

子供のお駄賃《だちん》として用いられることが多くて、一番価値が低いのが鉄貨。

それが十枚で銅貨一枚、銅貨十枚で大銅貨一枚……というようになっているそうです。種類は、価値が低い順に鉄貨、銅貨、大銅貨、銀貨、大銀貨、金貨、大金貨。

白金貨は一枚で大金貨十枚の価値とのこと。でも、マリスくんは見たことがないんですって。両親と子供二人の一家の場合、金貨一枚と大銀貨二枚くらいでひと月暮らしていける、ってことは……銅貨が一枚十円くらいだから……白金貨五十枚って……五億円？

でも、私の通帳にはそんなに入ってなかったわよ。神様、ちょっと奮発しすぎじゃないかしら。アンナさんが言った『危ないです』の意味がやっとわかったわ……私って危なっかしい人だったのね。でも、そんなつもりはまったくなかったのよ～。

ま、過ぎたことは仕方ないわね。これから気をつけましょう。うん。

◆　◆　◆

今日の護衛と案内役としてアンナさんに紹介していただいたお二人は、明日出発するティユルへの旅でも護衛を請け負ってくださった方々でした。

今日はお二人だけど、明日からは五人になるとのこと。

案内役兼護衛役はイリスさんという女性で、蒼《あお》っぽい銀色の髪を一つ結びにした背の高い細身の方です。

荷物を持ってくださるのは、シェヌさんというイリスさんよりもっと背の高い、すらっとした褐色の肌をした男性。ベージュの髪がこんなに柔らかく見えるなんて。私も日本でカラーリングしてみれば良かったわ。

さて、まずは教会に行きましょう。

イリスさんの後についていくと、ギルドから近い場所にありました。

佇《たたず》まいは、日本でもよく見る教会にそっくり。屋根には尖塔《せんとう》があり、建物内は吹き抜けになっていて、椅子がずらりと並んでいます。

入り口の正面奥には数段高くなっている場所があり、そこに神の像が祀《まつ》られていました。

像の前では、礼拝に訪れた人が一人ずつ祈りを捧《ささ》げていて、私も順番待ちの列に並びます。

しばらくすると、私の番になりました。

『神様、ありがとうございました。命を助けていただいた上に、お金もキャリーバッグも持たせてくださって。いろいろわからないこともありますが、ぼちぼち頑張って生きていきます』

ふう。祈ったことで、何だか気持ちを切り替えていけそうね。

じゃあ、次の場所に移動を……と思ったら。

え？　音が消えた……

『コーユさん、頑張ってくださいね。魔法も使えるけど、街の中で練習しちゃ駄目だよ。あと、ポケットは無限収納《インベントリ》というものになっていて、たくさん収納できるけど、他の人には見せないようにね。ちなみに、生きてる動物は入れられないよ。それから、たまにはステータスも確認して……』

ずいぶんたくさんお返事がきました……。神様の言葉はまだまだ続きます。

えっと。うん。魔法は練習しない。ポケットのことは人に教えない。服もこの世界のものを揃える。お金は見せびらかさない……覚えきれなかったわ。

新しい街に着いたら、また教会に祈りに行きましょう。


さて、お昼も近いことだし。どこかで昼食を摂りましょうか。

市場に行くと屋台が出ていたので、そこで鉄板焼きのお肉と果実水、薄い黒パンを買って食べました。お肉はまた塩味。この世界だと塩味が主流なのかしら？

その後は市場でお買い物。果物もお野菜も欲しい。お肉も鶏肉があれば買いたいです。

お魚は活きが良ければ欲しいわね。

全部食べ物ですが、何か？　人間、食べなきゃ生きていけないのよ～。

あ、服も買いなさいって言われたわね。

市場から大通りに戻って探してみたけれど……ないわ。お洋服屋さんらしきところ。

「コーユ様、何を探していらっしゃるのですか？」

イリスさん。いい質問ですね～。

「服を買いたいと思ったのですが、お店が見あたらなくて」

「服ですか？　失礼ですが、コーユ様が着ておられるような服は誂《あつら》えなければなりません。明日の出発には間に合わないかと思うのですが」

えっ。既製品はないの？

「大量に作られた服はないのですか？　あと、作り置きのような服とか」

「服は大抵自分の家で作りますから。あと、着なくなった服はお下がりとして近所に回したり、古着屋に売ったりします」

「では、古着屋に行ってみます。連れていってくださいな」

そう言うと、イリスさんは不思議そうな顔をします。

「古着を買われるのですか？」

「ええ！　先ほど服装が周りから浮いていて危ないと注意を受けましたので」

ますます疑問の色を濃くしたイリスさんですが、誰に注意されたのかは言えないの。ごめんなさいね。

そんなこんなで、古着屋に来ました。……が、私が着られそうな服はありません。

この世界だと、年寄りは雑巾になるまで大事に服を着るから古着屋に回らないのですって。

仕方ないので、周りの服装を参考にして自分で作りましょう。布地を買って、スカートやブラウスを作ればいいわ。

「イリスさん、布地屋に連れていってくださいな。あと、毛糸も買いたいわ。靴もできれば二足ほど」

結局、生《き》なりの木綿地と毛糸、普通の糸と針を数本。鋏《はさみ》と小さなナイフも買いました。

カーディガンの代わりのローブは高級店にキャンセルされたものがあったので、それを購入。

グレーがかった深緑色で、とってもシックで良いと思います。昔見た、麹塵《きくじん》のような色ですもの。

買い物を終えて満足し、ふと振り返ったらシェヌさんが荷物に埋もれています。

両腕だけでなく、肩からも首からも荷物を下げていて……

ああ、どうしましょう……

とりあえず、宿まで持っていってもらわないと。

ごめんなさいね。次からは気をつけます。

「ばあさん、この荷物を旅に全部持って行くつもりか？　結構な量だし、生物《なまもの》は腐るぞ」

シェヌさんが荷物を運びながら問いかけてきます。

「大丈夫ですのよ、バッグにすべて入りますから」

「は？　マジックバッグを持っていたのか？　じゃあ、俺に持たせなくてもよかったんじゃ……」

「忘れてただけですわ」

適当に応えてしまったけれど、マジックバッグって、何かしら。

でも、そういうものがあるのならポケットのことをごまかせるかも。

こっちには便利なものがあるのね、と考えながら、宿に向かいます。

ちなみに、図書館に行くのは時間的に無理でした。残念だわ。

3　旅立ち

はふぅ……ううん……よっこいしょ……

朝だわ。年は取りたくないものねえ。ベッドから起き上がるだけで掛け声が出るもの。

昨日ははしゃいで、動きすぎちゃったかしらね。

久しぶりだったんだもの。誰かと一緒にお買い物したり、ご飯を食べたりしたの。とても楽しかったわ。

さて、着替えて動き出しましょうか。栗色の長めのスカートみたいなズボン。上はキャメルのハイネックセーターで。これなら、街の人との違いもあまりわからないのではないかしら。

出掛けるまでは、上にカーディガンでも羽織《はお》っていればいいわね。

さ、朝ご飯を食べに行きましょう。

食堂に行って、女将さんに声をかけます。

「おはようございます、女将さん」

「おはようございます、コーユさん。どちらで召し上がられますか？」

きょろきょろ見回してみると、隅《すみ》に空いている二人掛けの席がありました。

「あちらで食べますわ。座って待っていますね」

「飲み物は果実水にされますか？」

「いえ、できればお茶か白湯《さゆ》を」

「お茶ですか……申し訳ありません。ちょっとうちでは……お湯をお持ちいたします」

「ありがとうございます。お願いしますわ」

空いた席に座って、ひと息つきました。

待っていると、ほどなくして朝食が運ばれてきます。昨日と同じ、スープに黒パン。

でも、今朝はコレを用意しているのよ。ふふっ。

そう、トマトピューレ！　物産展で購入したものの一つです。本当に美味しいのよ。

塩味ばかりで、さすがに飽きてしまったわ。市場にトマトのようなものがあったから、これなら
この世界で使っても違和感ないんじゃないかしら？

昨日市場を見ているときに、陶器でできた蓋《ふた》付きの小さな壺《つぼ》を見つけたから、いくつか買ってお
いたの。

私も注意を受けたから考えたのよ。この世界でなるべく目立たないように過ごすことをね。

トマトピューレを移し替えた壺をバッグの中から取り出して、スープに二匙《ふたさじ》入れます。

早速食べてみると……うん、塩味にトマトの酸味と旨みが加わって美味しい……あー幸せ。

これならパンをしっかり浸しても……とても美味しいわ。

でも、全部食べたら塩分の摂りすぎになっちゃうかも。もし保健師さんがここにいたら、叱《しか》られ
ちゃうわね。スープは少し残しましょう。

噛めば甘味も感じられるから、黒パンは好きなのよ。

素朴な味……こういうパン、しんちゃんが小さい頃に好きだったわね。

孫を思い出して、ちょっとだけしんみり。

「ごちそうさまでした」

手を合わせて、朝食に感謝。

席を立って、美味しかったと女将さんに告げて食堂を出ます。

部屋に戻ったら、出発の用意です。枕元に散らばった髪の毛をゴミ箱に捨てて、洗濯に使った水をトイレに流し、カーディガンをローブに着替えて、と。

そうそう、この世界のトイレって、簡易式の水洗だったのよ。終わったあと、壺に汲み置いてある水を柄杓《ひしゃく》で流すの。よかったわ、ポットン式のトイレじゃなくて。

さあ、旅に出るわよ!!

一階に下りて、受付カウンターで鍵を返します。

「お世話になりましたわ。いろいろご親切にしていただいて。少しだけど、お礼として受け取って欲しいの」

女将さんに、ほんの少しだけ心付けを渡しておきました。

さぁ、ギルドに参りましょう。


大通りを歩いていると、イグランさんのパン屋さんが目に入りました。

そうね、昼食用のパンを買っていきましょうか。

えっと、護衛の方々はみんなで何人だったかしら。

「おはようございます、イグランさん。少しパンを分けていただきたいのですけれど。えっと……黒パンを六つくださいな」

黒パン六つだから……お代は大銅貨一枚と銅貨が二枚。多分間違ってないわよね。

私はおずおずとお金を差し出します。

「ほい、六つ。ありがとうな。間違っちゃあないぞ」

パンが入った袋を渡しながら、イグランさんは私の不安そうな顔を見て正解だと言ってくださったの。ほっとしたわ。

「今日、出発いたします。マリスくんにありがとうとお伝えくださいね。とても、親切にしていただきましたのよ。良い息子さんですね」

姿の見えないマリスくんにお礼を言い、私はパン屋さんをあとにしました。

それからは寄り道せずに歩いて、ギルドに到着です。

もう、人混みには慣れたわよ。今朝は自分でギルドの中に入ってみせ……と思ったら、ギルドの前にシェヌさんとイリスさんがいました。

「おはようございます、シェヌさん、イリスさん」

「おはようさん、迷わずに来られたんだ」

「シェヌさん、昨日はありがとうございました。でも、昨日もギルドに来るまでに迷ってなんていませんよ。ただ中に入れなかっただけで」

寡黙《かもく》だと思っていたシェヌさんでしたが、普通に会話してくださいます。

昨日は何だったのかしら？　もしかして、荷物を持ち過ぎて辛かったとか？

「あれ？　パン屋のマリスに頼んでギルドに連れてきてもらったって聞いたけど？」

にやにやと笑うシェヌさん。

確かにその通りだけれど、あれはマリスくんが親切で申し出てくれたのよ。

もおっ！　からかわないでいただきたいわ！

少し腹が立って、睨みつけてしまいました。

「おお!?　威圧？　ばあさん、睨むの止めてくれやぁー」

ふふっ。勝っちゃいましたね。

昔は、よく夫にもやったものだわ。私の特技の一つ。

普段怒らない人を怒らせると怖いのよ。覚えておいてね。

「楽しそうなところ、申し訳ないのですが……」

あら、イリスさんを放っておいた感じになってしまいました。ごめんなさいね。

「アンナ、呼んでる。こっち」

おや、いつの間にかイリスさんの隣に見覚えのない方が……

「イーヴァ、《緑の風《ヴァンベール》》、斥候《せっこう》」

高めの声ね。単語だけしか喋《しゃべ》らないのかしら？

「イーヴァさん？　よろしくお願いしますね」

こくんと頷いたイーヴァさんは、灰色の長めの髪のほっそりとした少年です。身長は私より大きいけれども、孫よりは低いわね。一五五センチメートルくらいかしら。お若いのにもう働いているのね。

昨日、アンナさんに聞いたのだけど、《緑の風《ヴァンベール》》というのは、今回の旅の護衛を請け負ってくださった方々のチーム名なんですって。

イーヴァさんに連れられて、ギルドの裏手に回りました。

そこは開けた場所になっていて、二頭立ての馬車が用意されています。

あら、幌馬車なのね？　アンナさんなら、かっちりとした箱馬車を用意すると思っていたわ。

「アンナの奴、昨日ギルドを訪れた冒険者から、山ほど買い物をしてるばあさんがいるという噂を聞いて、慌てて大量の荷物が入る馬車を用意したんだと。ばあさんがマジックバッグ持ちと知らなかったからな」

ちょっとシェヌさん、私の顔色を読まないでちょうだい。

「でも、俺はむしろ、ばあさんには幌馬車がいいと思っていたぜ。このほうがくつろげるだろ？」

「べ、別に馬車でのんびりしたかったわけではありませんわ」

「いやぁ、でもあんたが箱馬車でずっと大人しく座っていられるとは思えねえ。さらに言えば、どんな馬車でも、絶対休憩ごとにちょろちょろするね」

「!!」

いつも何かと寄り道をしてあちこち行っているだけに、言い返せない……

それに、馬車でものんびりできるに越したことはないわね。うん、納得。

「おはようございます、コーユ様」

話に区切りがついたところを見計らって、アンナさんが声をかけてきました。……苦笑が隠しきれてませんよ？

「おはようございます。アンナさん。笑わないでくださいな。もう、恥ずかしいですわ」

「いえいえ、微笑ましかったですよ？　でも、コーユ様がここまでシェヌと打ち解けているとは思いませんでした。イリスならわかるのですが」

「ちょっと、昔を思い出しました。息子とはこんな風に言い合ってましたから。それはそうと、馬車はなぜここに？」

こんなだだっ広い裏庭じゃなくて、道沿いに馬車を停めて乗り込めばいいはずでは？

「昨日、大量にお買い物をされたという話を聞きまして。先に積み込みをされたほうがよいかと……おや？　荷物はどこですか？」

シェヌさん？　マジックバッグのこと、言ってないの？

まったく、なんてことでしょう。

呆れて、シェヌさんをじーっと睨んでみる……睨んで……

「や、止めろって！」

「言うことがあるでしょう」

「あー、すまん」

「謝る相手は、私ではないと思うのですが？　皆さんに要《い》らぬ手間をかけたでしょう！」

「悪かった。ちょっとした悪戯《いたずら》のつもりだったんだ」

それからシェヌさんは、皆さんに私がマジックバッグを持っていることを伝えて、わざわざ積み込みの準備をさせてしまったことをお詫びしました。

皆さん、気を悪くした様子はなく、苦笑しています。

「じゃあ、謝罪が済んだところで他のメンバーも紹介しようか。俺がリーダーのエルム。そっちのデカいのがサパン、さっき迎えに行ったのがイーヴァ、昨日同行したのがイリスとシェヌ。この五人でチーム《緑の風《ヴァンベール》》を組んでいる」

エルムさんは榛色《はしばみいろ》の短髪のがっちりした体格で、サパンさんは朽葉色《くちばいろ》の短髪ですごく大柄な方です。

「よろしくお願いいたしますね。エルムさん、サパンさん、イーヴァさん、イリスさん、シェヌ？」

「なんで俺だけ呼び捨てで疑問符？」

「なぜでしょうね？」

シェヌさんのせいで、皆さんに笑われてる気がするのよ、もう！

目だけは睨んだままにっこりとシェヌさんに笑いかけ、皆さんには心からの笑顔を向けます。

「それでは、コーユ様、エルムさん、一度事務所の方へお願いします。他の方は出発準備を整えていてください」

クスクスと笑いながらアンナさんが言いました。ええ、笑いながらです……

事務所に移動して、約束の前金を支払いました。

これは、馬車の賃貸料や食費、途中の宿泊費などに使われるそうです。もちろん、ギルドの手数料も含まれています。

護衛の方々に支払われるのは、向こうに無事に着いてからだとか。

あと、白金貨だとお買い物に困るので、金貨や銀貨、銅貨に両替してもらいました。

小銭がそろそろ底をつきそうだったから、助かったわ。

これで準備はすべて完了。さあ、旅に出るわよ!!

【冒険者ギルド　アンナの呟き】

や、やりきったわ。たった二日で。高い通信用魔術具を使い、ティユルでの物件紹介の手配、馬車、野営具、食料の用意。

大変だった。大量に買い物をしている変わったおばあさんの話を聞いて、慌てて馬車を変更して。

ほんっとに大変だった……

なのにコーユ様ったら、シェヌとお喋りしてじゃれ合っているし。

コーユ様、どうか道中でおかしなことをしませんように。

無事に、お願いだから無事にティユルに着いてください。

《緑の風《ヴァンベール》》の皆、頼んだわよ〜。

私とイリスさんとイーヴァさんは馬車に乗り、他の面々は馬に乗って警護しながら移動しています。

それにしても、馬車で旅に出るなんて。こんなこと、元の世界だったらあり得なかったわ。人生って不思議よね。馬車って結構揺れるのね。お尻が痛いわ。

何かの毛皮を敷いて座っているけど、あまり効果がないのよ。

そうね、暇だし気を紛らわせたいから、縫い物か編み物でもしましょうか。

ああ、クッションを作りましょう。カバーだけ作れば中身は藁《わら》とかでもいいんじゃないかしら。

早速、布と鋏を取り出して、生地を裁《た》とうと思ったのですが……ゆ、揺れる馬車の中で鋏を使うのは難しそう。もう少しで、手を突き刺してしまうところだったわ。

「危ないので止めてください」とイリスさんから言われてしまいました。

そうね、怪我をしたいわけじゃないから、今はやめましょう。

そろそろ、お腹が空いてきて……喉《のど》も渇《かわ》いたわ。

それから草原の中で馬車を停めて、休憩することになりました。

予定よりも早く。ごめんなさい、私のせいですね。

広大な野原でお花摘み……

ちょっと離れていたしました……恥ずかしい……

いえ、ここは異世界。気にしないことにしましたわ。

私が戻ると、もう少しでお昼時ということで、皆さんは早めの食事をしようとしていました。

それぞれ、干し肉を手にしているけれど……どうして干し肉なの？　美味しいご飯を食べましょうよ？

私は馬車の外で、ポケットから果物、黒パンとベーコン、レーズンバター、乾燥大葉（物産展で買ったもの）を出しました。

それからカッティングボードとナイフを準備して、黒パンをスライス。レーズンバターを片面に塗り、薄切りにした果物とベーコンを挟みました。簡単サンドイッチですわ。

イリスさんにお願いしてお湯を沸かしてもらい、鍋に乾燥大葉を入れてハーブティーもどきを作ります。これは日本にいた時、旅行先の朝市でいただいたことのあるお茶なの。口の中がさっぱりするのよ。

サンドイッチとお茶を皆さんに配り終え、まずはお茶を一口。

はあ、久しぶりのお茶。やっぱり日本人なのね、何だかほっこりします。

……あら？　どうしたのかしら。サンドイッチを持ったまま、皆さん固まって……

私が大量の食料を買ったって、知ってらしたわよね？

生ベーコンとか、冷蔵庫がないんだから早めに食べたほうがいいですよ？

あ、あら。皆さんの視線が痛いのは気のせい？

さ、さあ、食べたら再び出発よ～。

4　襲撃

野原は続くよ、どこまでも……

ずーっと草原なのね。代わり映えのしない緑の波が眠りを誘います。

イリス――「さん」付けと敬語は止めてと言われちゃったわ――にもたれ掛かりながら目を瞑ると……はふ、ちょっとだけ、ね……む……

ガタガタ、ガッシャン。

な、何？

突然の大きな音で目が覚めました。

どうやら、馬車の速度が上がったよう。何が起こっているのかしら。

イリスが私を馬車の奥に連れていき、身を低くするように言いました。

バスッ！

次の瞬間、馬車の幌から矢が抜けてきました。

えっ？　誰かに襲われて、いる？

「イリス？」

「盗賊です。絶対にお守りします。そのまま小さくなっていてください」

と、盗賊？　護衛の皆さんはとても真剣な表情で、腰に提げた剣や杖に手をかけています。

バスッ、バスッ、バスッ。

様子を窺《うかが》っている間にも、次々と矢が飛んできて――

ガッシャン!!

ついに馬車が止まりました。

「いいですか。このまま、じっとしていてください」

そう言って、イリスが馬車から飛び出していきました。そして、イーヴァも続きます。

えっと、私は何ができるかしら？

しばらく金属のぶつかるような音が続いた後、イリスの叫び声がしました。

でも、何を言っているのかは聞き取れないわ。

その直後、ぐらりと馬車が揺れました。

それからバサッと幌が上げられ、現れたのは見知らぬ強面《こわもて》の男。

男は私の腕を掴み、馬車から引きずり出します。

外に出ると、草原の上にはイリスが倒れていて、その側を馬に乗ったサパンが駆け抜けていきました。

男は、ニヤニヤと笑いながら私を引きずっていきます。

「いやっー!!　放してっ。触《さわ》らないでっ!!」

恐怖のあまり、私は男の腕を叩いて突き飛ばそうとっ……

「うわぁぁ！」

あ、あら？　男が……吹っ飛んで……いった……

な、何が起きたのでしょう？　私の腕力じゃ、こんなことできるはずが……

あ、それどころじゃないわね。イリスが倒れているんでした。

側に駆け寄り起こそうとすると、数人の盗賊らしき男たちがやって来るのが見えます。

シェヌとエルム、イーヴァが私に気づいて助けにきてくれようとしましたが、別の盗賊に阻まれてしまい……

ど、どうしましょう……盗賊たちはすぐそこです。

「側に、来ないでっ」

私が手を突き出すと、風が巻き起こり、また男たちが吹き飛びました。

……一体、どういうこと？

まあ、とりあえず安全になったみたいね。何が起きたのかは、後で考えましょう。後で。うん。

気にしないことにしましたわ。

「ばあさん、大丈夫か」

盗賊を倒し終えたシェヌが、こちらにやって来ました。

「私は大丈夫だけど。どうしましょう、イリスが……」

私がイリスの身体をゆっくり抱き起こすと、イリスは頭を押さえて顔を歪《ゆが》めます。

「だ、大丈夫です。頭がふらつくけど……」

う～ん、ちょっと辛そうね。大事に至っていなければいいのだけど。

他の皆は大丈夫かしら。

「エルムは？　イーヴァも怪我はない？」

「大丈夫。エルム、盗賊飛んできた、捕縛中」

イーヴァは無事みたいでよかった。エルムは……あっちで盗賊を縄で縛っているから、大丈夫そうね。

「サパンは？」

「いない」

え？　ちょっとイーヴァ、いないですって？

そういえば、サパンは倒れているイリスを放置して馬で走り去っていったわよね。

「どういうこと……？　まさか、サパンは盗賊と……」

思わず、そんな言葉がこぼれます。

裏切られたのでしょうか……でも、サパンに害意はちっとも感じられなかったわ。

「違うぞ」

ぱふっと、シェヌが私の頭に手を載せました。

「多分、街に知らせに行ったんだと思うぜ。盗賊の人数が多いから、捕まえても連れて戻るのは大変だ。だから、人を呼びに行ったんだろう。それにしても、こんな街の近くで襲われるとはな」

「まだ近くですの？」

そう問うと、シェヌは肩をすくめます。

「あんたの身体を馬車に慣らすために、かなりゆっくり進んでたんだ」

そう言えば、出発前に準備や支払いなどの手続きをしたわね。で、さっきお昼ご飯をいただいたわ。

ということは、まだ、街を出てから数時間しか経っていないのね？

「納得したか？　サパンは馬で駆けていったから、すぐ街の警邏《けいら》の連中を連れて戻ってくるだろ」

はい、よくわかりました。

私が頷くと、シェヌはイリスに真剣な表情で問いかけます。

「イリス、なぜ外に出た？」

「馬車が持ち上げられる感じがしたのよ。右側が浮いたような……」

「誰かがいたのかな？」

「そう思ったから外に出て、裏に回り込もうとしたの。けど、矢を射って邪魔してくる奴がいたので、魔法を撃とうとしたのよ。そうしたら詠唱中に後ろから頭を殴られて……」

「じゃあ、中に入ってきた盗賊が馬車を持ち上げていた人なのかしら」

そう言うと、皆さんが一斉に私の顔を見ました。

「「中に……？」」

あら。皆さん、そんなに目を見開いてどうしたのかしら。

「突き飛ばしたらいなくなったけど」

「「い、いなくなったあっ？」」

「そうなの。それで倒れていたイリスを起こそうとしたら、また別の盗賊が何人も来て」

あの時はどうしようかと思ったわ。

「怖くて、来ないでって手を突き出したら、吹っ飛んでいっちゃったのよね」

「「はあっ？」」

「なぜかしらねえ。助かったから良かったけど」

…………

な、何かしら？　皆が唖然としているような気がするのだけれども。

「コーユ様、魔法が使えたりします？」

イリスが何かに悩むような顔をして私に尋ねました。

「魔法は使ったことがないわねえ。でも、使ってみたいとは思うわ」

「魔力はあります？」

「魔力？　知らないわ。魔法が使える人は周りにいなかったし」

「治療士は？」

「お医者様はいらしたわよ？」

「『癒し《ヒール》』は？」

「それは何かしら？」

「えっ……？　病気を治したり、怪我を癒《いや》したりする魔法ですよ？」

「お薬や手術で治すわよね。あとはそれ以上病気が重くならないようにしたり」

「火は？　野営時の火種は？」

「普通にマッチやライターでつけたわよ」

「まっち？　らいたー？　……それは何ですか……？」

？？？？？

お互い、理解できていないみたいね。じゃあ、私からもちょっと質問してみようかしら。

「魔法って、誰でも使えるの？」

「魔力があれば使えると思います」

「どうしたら、魔力があるかどうかがわかるのかしら」

「ステータスを見ればわかりますよ」

「ステータスって、どうすれば見られるの？」

すると、イリスの代わりにシェヌが答えてくれました。

「ばあさん、自分のことを知りたいと思いながら、『ステータスオープン』って唱えてみな」

あら、どこかで聞いたことがある言葉ね。早速試してみましょうか。

「『ステータスオープン』……あら。何か見えるわ」

「なんだ、見えるんじゃないか。そこに、ＭＰって項目があるのはわかるか？」

「あ、あるわ」

私のＭＰは９００ね。

「その数値が魔力値、魔力の量だ。少なすぎると魔力を扱えないが、多ければ魔法が使えるはずだ」

えっと、９００って少ないのかしら、多いのかしら。

「ちょっと聞きたいのだけれども……普通だとＭＰはどれくらいなのかしら？」

「俺は満タンで６０だな。あまり魔法が得意じゃないし」

「私は魔法職ですから２００ありますよ」

「『索敵《サーチ》』、使う。常時使う。３００」

ええっ⁉

「……なんか嫌な予感がするんだが……ばあさん、いくつだ？」

嫌な予感って……まあ、そうなんでしょうね。思わず、ふいって視線を逸らしてしまったわ。

だって、思い出したんだもの。召喚された時のことを。確かに、あの時見たわ。

「……せ……」

「ん？　聞き取れんかった。すまん、もう一度」

「今は、９００よ」

「「「はあっ⁉」」」

「９００っ？」

そう、今は。でも、あの時は１０００だったのよ。

なぜかしら。まあ、９００でも１０００でもあまり変わりはないわよね。

「ちょっと聞くが、属性って何かあるか？」

シェヌは、恐る恐るといった様子で尋ねました。

「属性？　ええ、あるわ。でも読めないのよ。何か書いてあるけど、塗り潰してあるの。変ね～」

「……スキルって、あるか？」

「あるわよ。『緑の手』っていうのが」

「は？　聞いたことないスキルだな」

「そうなの？」

「まあな。普通はイーヴァが持っている索敵とか、俺みたいな身体強化とかだな」

「イリスにはないの？」

振り向いて尋ねると、突然話を振られて驚いたのか、イリスは戸惑いながら答えてくれました。

「わ、私は属性に光と水と風を持っていますので、それなりに。でも、緑の手っていうのは聞いたことがありません」

そうなのね……残念だわ。

ともあれ、ＭＰがあるってことは、私にも魔法が使えるのよね。

魔法、使ってみたいわ……どんなのがあるのかしらね？

イーヴァの索敵《サーチ》って敵を探すものよね？　ちょうど周りに盗賊がいるから、試しにやってみようかしら。成功すれば、盗賊……つまりは敵が引っかかるわよね。

えっと……きょろきょろする……じゃなくて。

探る？　どうすればいいのでしょう。

イーヴァにやり方を聞いてみようかしら……と動こうとして、シェヌに注意されてしまいました。

「ばあさん、勝手なことはするなよ」

な、なぜシェヌにわかったの？　顔色、読み過ぎだと思うのだけれど。

「目の前にいて、あんたの考えていることがわからんわけないだろう」

言葉に出していないのに、シェヌがしっかり私の考えていることを見抜いてきます。

「今は大人しくしてろ。あいつらが片付けば魔法を教えてやるから。イリスが」

「あ、あら。ほんとっ!?」

「えっ、私？」

「俺は魔法が苦手だし、イーヴァは周囲を警戒している。ばあさん、イーヴァの邪魔はするなよ」

わかったわよ。何だか楽しみね。

それにしても、まだ警邏の方々は着かないのかしら。

「全員、縛り終えたぞ。イーヴァ、他にいないか探ってみてくれ。なるべく広い範囲で」

リーダーのエルムが盗賊たちを縛り終えて、私たちのところにやってきました。

それにしても、リーダーさんだけに盗賊を縛らせてよかったのかしら。シェヌは仕事しないの？

と思って振り向くと――

「イリスは頭を殴られたから休息が必要だろ。イーヴァは索敵が仕事だ。で、俺はあんたの御守り役!!」

「……だから、なぜわかるの?」

「顔が言ってる」

そ、そんなにわかりやすかったのですか……

エルムに無事を確認されたあとは、状況説明となりました。

私が盗賊に何かしたらしいことはわかったようです。私自身はわからないのに。

とりあえず、今は街から来る警邏の方々を待つしかないわね。

旅はあまり進んでいないけれど、今日はこの辺りで野営となりそうです。

キャンプみたいでちょっと楽しみだわ。子供が幼い頃、家族でキャンプに行って夫とカレーを作ったことを思い出します。

時間がありそうなので、夕食の準備でもしましょうか。

私がそう提案すると、彼らは竃《かまど》を組み始めました。お昼にお湯を沸かした時より大きめです。

私はポケットから食料を包んだ風呂敷を出します。

何が使えるかしら?　時間があるから煮込み料理もできるわね。

鶏肉があるでしょ?　あと玉ねぎ、人参、じゃがいも、南瓜《かぼちゃ》、長ねぎ……あら、小麦粉もあるわね。

すべて一口大に切って鍋に投入。水を入れて火にかけます。

沸騰するまでは、時々灰汁《あく》を取りましょうか。

あ、その間に木の器に小麦粉と水を入れてこね、お団子にしておきます。

ぶくぶく灰汁取り〜。

お野菜が柔らかくなってきたら、お団子を小さく捻《ひね》り潰してポトンポトンと投入しましょ。

しばらくすると……お団子が浮き上がってきたわね。

そういえば、お味噌がキャリーバッグの中にあったはず。

肩掛けバッグに手を入れた振りをして、ポケットを探ります。

キャリーバッグを開けて、お味噌……コレかしら？　物産展で手に入れた、小さな木の樽《たる》に入ったお味噌です。

ん〜と、コレくらいかな？　味噌漉《こ》しがあればすぐ溶けるのにね。

ぐ〜るぐ〜るゆっくり混ぜて。

できたかしら？　少し味見してみましょう。うん、美味しいわ……

と思ったら、何か視線を感じる……

み、見られていたのっ？　恥ずかしいっ。つまみ食いじゃないのよ？　ただの、あ・じ・み。少し量が多かったかもしれないけど、味見なのよ〜。

だって、味噌味《みそあじ》……久しぶりだったんですもの。

警邏隊が到着せず、サパンも戻ってこないので、お夕飯ができてもまだ食べられないのよ。

そうそう、お茶の用意もしましょう。お昼もみんな美味しそうに飲んでいたもの。

早速お茶を淹《い》れてみんなに勧めてみると、喜んで飲んでくれました。

少しの間、ゆったりとした時間が流れます。

すると、シェヌが困ったような顔で切り出しました。

「なあ、ばあさん。あとでゆっくり話がしたい。もちろん、皆も一緒にだ。このままじゃ、どういう風に守っていいんだか……」

「コーユ様、そうしていただけるとありがたい」

「できる限りでいいんです。あまりに私たちの常識とかけ離れているものですから……失礼は承知しておりますが、お願いします」

エルムやイリスにも頼み込まれてしまったわ。

さて、どこまで話していいのかしらね。

まず、異世界召喚は……神様に確認してから話すかどうか決めたほうがいいのでしょうね。今まで通り、外国から来たことにしておきましょう。

次に魔法ね。これは正直に話しておいたほうがいいと思うの。私はこの世界で生きていくつもりだし、使い方も教えてもらわなきゃいけないもの。元の世界と違ってガスや電気がないなら、生活するために魔法は必要よね？

ポケットは……マジックバッグというものがあるらしいから、肩掛けバッグをそれだと言っておけばいいと思うのよ。

お金はね、今さら説明しなくてもわかってると思うの。でも、言っておいたほうがいいのかしら？　いや、聞かれたらその時に考えましょう。

後は……まだ何かあったかしらね。まあいいわ。

次の街に着いたら、神様にいろいろなことを聞いてみましょう。

だって、注意されたことすべては覚えきれなかったんですもの。

一度にたくさん言われたって、ねえ？　突然だったし。

私が年寄りって知っていらしたのにね。メモくらい取らせてくだされば良かったのよ。

そうね、次に教会に行くときはメモ帳を用意して行きましょう。

とりあえずの考えはまとまったわ。あとは、警邏の人が到着するまでのんびりといたしましょう。

のんびり……あら、ちょっと眠くなってきちゃったわ。疲れたのかしら？

まだかしら、警邏隊のみ……な……さ……


【イリスの呟き】

夕食を嬉々《きき》として作られていたコーユ様。野営中だというのに、家と同じように料理をする。

皆に振る舞ってくださったお茶は昼にも飲んだけれど、後味がすっきりして、とても気分が落ち着いた。あんなもの、飲んだことがなかった。

とても珍しいものだと思うけれど、皆に振る舞ってしまって大丈夫なのかしら？

あとで詳しくコーユ様のことを教えて欲しいと頼むと、快諾してくださった。こちらに警戒心を抱くことなく。

どうやって、こんな危なっかしい人がここまで生きてこられたのだろう。

シェヌが冗談を言うのはいつものことだけど、知り合って間もない人を相手にあそこまで楽しそうにしているところなんて、初めて見た。

イーヴァだってそう。いつもなら、自分の水筒以外からは飲み物を口にしないし、食べ物だって人から与えられたものは食べないはずなのに。昼食の肉を挟んだパンも、お茶も口にした。

いつもはあまり気持ちが表情に出ないイーヴァだけれど、あんなに変わるのね。

不思議な人だわ、コーユ様って。

でも‼　ビックリさせられすぎ⁉

あとでしっかり話を聞かなきゃね。これ以上、驚くことのないように。

5　ステータス

ん……寝てしまったのかしら？

頭を起こしてみると……は、恥ずかしいっ、なんてこと。イリスに膝枕してもらっていたなんて。

ごめんなさいね。重かったでしょう。

ちょっと、うとうとしていたみたいだわ。しかも、お若いお嬢さんの膝を借りていました。馬車にでも放り込んでくれればよろしかったのに。

外にいるというのに、あまりにも気が抜けていましたわ。

ああ、昔もよく夫に怒られたわね、警戒心がなさすぎだと。

でも、皆さんを信頼しているからですよ？　安心しきっているとも言うわね。

気づけばサパンもいて、皆で焚《た》き火に当たっていました。

私が眠っている間に警邏隊の方々がやって来て、盗賊たちを連れて行ったようです。

《緑の風《ヴァンベール》》の方たちには、盗賊を捕まえた褒賞金が贈られるんですって。

これで一件落着だけど……そうそう、私のことを話すんだったわね。忘れるところでした。

さて、どのように話せばいいのかしら……

「ねえ、イリス。私は何をどう話したらいいのかしら？　この国に来たところから？　それとも生まれからかしら？」

「そうですね……では、こちらの質問にお答えください。コーユ様はどちらの国からいらしたのですか？」

「私がいた国はとても遠いの。日本という国よ。この国には乗り合い馬車で来たと言ったけど……本当は違うの……」

「ニホン……聞いたことがありません。本当は違うとはどういうことですか？」

「……間違ってさらわれて来たの」

「は？　間違ってさらわれる？」

イリスがきょとんとすると、他の皆さんも驚いたような顔をしました。

正確には、召喚に巻き込まれたのだけど。まったくの嘘ってわけじゃないわよね。

「そう。仕方ないから、下働きでもしなさいなんて言われて……でも、それなら畑仕事のほうがいいから、外に出してもらったの」

「下働き？　畑仕事？」

イリスの疑問はますます深まったようで、目をぱちくりさせています。

「そう。支度金もいただいたから、外に出てきたのよ。それでね、もともといた国には魔法がなかったの。だから、魔力も魔法のことも、何も知らないわ」

「国自体に、魔法や魔力を持つ者が存在しなかったと？」

「そうよ。こちらでは、生活に必要な力なんですって？　どうやら私も魔力はあるみたいだから、使い方を教えていただけるかしら」

「ステータスは見ることができたのですよね？　もう一度ご確認いただけますか？」

「いいわよ。『ステータスオープン』」

すると、私の目の前にステータスが現れました。

「『オープン』と言ったのに、他人に見えないのは何か理由《わけ》でもあるのですか？」

「あら？　そうなの？」

てっきり、皆さんにも見えていると思っていたのだけれど。

「私にはわけなんてわからないわ。だって、やり方自体もあまり理解していないんですもの」

そう言うと、イリスは少し申し訳なさそうにして、説明してくれました。

「普通は『ステータス』と言うと自分だけに見えて、『ステータスオープン』と言うと、他人にも見えるようになるはずなのです。シェヌが『オープン』って教えた時にも見えなかったので、何か理由でもあるのかと」

「そうなの？　どうすればいいのかしら？」

「そうですね……あ、ステータスはまだ出したままですよね。もしよろしければ、『見ることを許可する』と言ってみていただけますか？」

イリスにそうお願いされて、私は素直に頷きます。

「いいわよ。教えていただくのですもの。『イリスにステータスを見る許可を与える』……これで見えるかしら？」

「あ、見え……ええっ⁉」

私のステータスを見ると、イリスが固まってしまいました。

「どうしたの？」

「ばあさん、俺にも許可くれ」

状況が掴めない私に、シェヌが早くと言わんばかりに詰め寄ります。

「？　ええ、いいわよ。『《緑の風》《ヴァンベール》の皆にステータスを見る許可を与える』……これでいいかしら？」

「「「「ええっ⁉」」」」

シェヌだけじゃなく、皆に見えるようにしました。

「ばあさん、マジか……」

「コーユ様……」

「これほどとは……」

「……………」

「聞いちゃいたが……」

シェヌ、イリス、エルム、イーヴァ、サパンの順に驚きを露《あらわ》にしました。

何かおかしかったかしらね。

あ、あら。何か増えているわ。さっき見た時は多分こんなのじゃなかった気がするの。

よくみれば、本名まで載っているじゃない。なんか恥ずかしいわ。

あ、本当の歳まで……これは見えないほうがいいわね。

なぜ見えるようになったのかしら。もしかして、神様が何かなさったのかも？

【名　前】コーユ（榎幸裕）
【年　齢】70（75）
【職　業】巻き込まれたおばあちゃん
【Ｈ　Ｐ】60
【Ｍ　Ｐ】1000
【属　性】聖闇　空間　生活

【スキル】緑の手
【加　護】全能神の加護

つくづく、メルヘンな世界に来たわねえ。

でも、どうしてさっき見た内容と違うのかしら。これも聞かなきゃいけないわね。

「ねえ、イリス。どうして書いてあることが変わるの？」

「変わる、とはどういうことですか？」

「ほら、MPってところ。さっき見た時は900だったのよ？　今は1000になっているじゃない？　どうして？」

「……先ほどの盗賊たちとの戦いの折に、コーユ様は相手が『突き飛ばしたらいなくなった』『吹っ飛んでいった』と、仰ったでしょう？　おそらく、その時に魔力を使ったのだと思います。それがひと休みして、今は回復しているのではないかと」

「私が魔力を使ったの？　使い方を知らないのに？」

するとシェヌがため息をつきました。

「ばあさん、あんた普通に使ってるぞ。あれ、無意識か？」

「あら、どういうこと？」

「からかったら、睨みつけてきたろ？　アレだよ」

「そんな。ちょっと睨んだだけじゃない」

「はあ、やっぱ気づいてなかったか。アレは『威圧』って言ってな、魔力で相手を押さえつけるんだ。ばあさんのは結構キツいぜ」

「あ、あら……」

ごめんなさいね。そんなつもり、全然なかったのだけれど。

申し訳なく思っている私の隣で、イリスは困ったような顔をしています。

「コーユ様が無意識に魔力の塊を投げつけたから、盗賊が吹き飛んだのだと思います」

「さっき、100くらいMPが変わったって言ったろ？　普通はそんなに使うことないからな？

ばあさんが使った魔力は俺の最大値を超えてるんだぜ？」

シェヌの隣で、エルムが顎《あご》に手を当てて頷きました。

「あー……なるほど。どうりで戦いがいきなり収束したわけだ」

「敵、降ってきた」

「どれほど広範囲に魔力を撒き散らしたんだよ」

イーヴァの言葉を受けて、シェヌは呆れ顔で言います。

「そんなこと言われたって、わからないわよ。自分がやったって思えないもの」

「俺が斬ったのが六人、イーヴァが五人、シェヌが五人。残りが、コーユ様か……」

「残りのほうが、圧倒的に多いな……」

エルムが人数を挙げると、サパンが呟きました。

「ばあさん、護衛必要だったか？」

そんなこと言ったって……知らなかったもの……

もう！　シェヌを睨みつけてやる～。

「や、止めろー!!」

話が一区切りついたので、外でお茶を淹れて一息つきました。

皆で円になって草原に座っています。

さて、まだまだ聞かなきゃならないことがあったわよね。

「ねえ、魔法ってどう使えばいいのかしら。まさか、人を怒るとき以外は使えないってわけじゃないわよね？」

私が聞くと、イリスが少し考える仕草をしました。

「そうですね……コーユ様は、どんな魔法を使いたいのですか？」

「どんなって。普通の生活さえできればいいから、難しいのはいらないわ」

「普通の生活……どのように暮らすおつもりですか？」

「えっ？　寝て起きて。ご飯作ったり食べたり？　そうね、お洗濯やお掃除が楽だと助かるわ」

「本当に普通に暮らすだけですね」

「結構、贅沢《ぜいたく》だと思っているのよ？　あ、できれば畑もやりたいわ」

だって、日本だとあれこれ忙《せわ》しなくて、毎日のんびり生活するなんて難しいもの。

イリスは「畑」と聞いて、意外そうな顔をしました。

「畑ですか？」

「お野菜を作ったり、草花を育てたり？　とにかく土と生きたいわ。私の希望はそれくらいよ」

「わかりました。では、生活魔法をお教えいたしますね」

「生活魔法？　それがあれば生活が楽になるの？」

「そうですね。火を熾《おこ》したり、水を出したり、少しの風を起こしたり。魔法の基礎といえるものですが、威力があるわけではありませんので、強い攻撃や防御には向きません」

「攻撃や防御はいらないわ。普通に生活したいだけだもの」

「まあ、コーユ様の持っている属性は特殊なため、生活魔法以外はお教えできないっていうのが本当のところです」

「あら、特殊なの？」

「聖や闇だけならまだしも、聖闇なんて聞いたことがないですし、空間は本当に珍しいんですよ」

ふむふむ。ということは、聖闇や空間の魔法はなかなか教えられる方がいないのね。

納得して頷いていると、シェヌが私の肩に手を置きました。

「ばあさんっ、少しは防御も考えろや」

「あら、どうして？」

「はあっ？　それマジで言ってるのか？」

そう言われても……思い当たることなんてありませんもの。

私が困り顔をしていると、イリスが真面目な表情で教えてくれました。

「コーユ様。はっきり言いますと、貴女様は国の駒《こま》とされる可能性があります。国には上級の魔法使いもいますから、彼らなら聖闇や空間の魔法を教えられるかもしれません。そうして貴女様が珍しい魔法を使えるようになったら……どうなるかわかりますか？」

そうね、いいようにこき使われるかしら。最悪、戦争に駆り出されるかも。

「私の魔法が、私自身を危険に巻き込む可能性があるってこと？」

「そうです。貴女様は使わなければ大丈夫と考えているかもしれませんが、拷問に耐えられますか？　隷属《れいぞく》の首輪をつけられたらどうされます？」

「隷属の首輪？」

「奴隷につけるものです。命令に抗《あらが》えば激しい痛みに襲われます」

「……それは嫌ね」

「だからな、防御だけは習っとけ。あと、イーヴァに索敵を教わるとかな。攻撃したくないなら、逃げるのを最優先にしたほうがいい」

確かに、シェヌの言う通りだわ。危ない目や痛い目には遭いたくないもの。

「そうね、逃げるほうがいいわね。でも、見つかったらどうすればいいの？　戦うなんて無理よ」

「じゃあ、見つからないように隠れればいい。それもイーヴァが得意だ」

「なるほど……それならできるかしら……」

隠れん坊は得意よ。イーヴァが教えてくれるのかしら？

そう思って彼の方を見ると、首を横に振られてしまいました。

あらあら、どーしましょ？

とりあえず、ティユルに着くまでまだ旅は長いのだから、そのうち教えてもらえるように努力しましょう。

まずはイリスに習う生活魔法を頑張りましょうか。

「イリス、生活魔法ってどんな風にしたら使えるの？　コツとかあるかしら」

「コーユ様、焦らなくとも生活魔法は誰でもできるようになります。今日はもう暗いので、明日になさってはいかがですか？」

あ、あら。そ、そうね。明日にしましょうか。

ふふっ。実はちょっと楽しみだったのよ、魔法。この私でも魔法使いになれるかも、なのでしょ？

テレビでも見たことあるのよ。外国のご婦人がいろいろお騒がせな魔法を使ってたわね。口をピクピクッて動かして。……あら、私は魔法を使うときにどこを動かせばいいのかしら？

楽しみだけど、イリスの言う通り、明日にしましょ。

はふっ、眠くなってきちゃったわ。

◆　◆　◆

翌朝起きた私は、火の番をしていたサパンに手伝ってもらって朝食の準備をしました。調理の時に火を強くしてもらったり、鍋に水を入れてもらったり。

寡黙だけど手際《てぎわ》はいいのよね。びっくりだわ。

作っている間に、他の《緑の風《ヴァンベール》》の皆さんが次々に起きてきたけれど……あら？　イリスの姿がないわね。

朝食を作り終えた私は、イリスを呼びに行きます。

「イリス、ねえ、イリスったら。起きて」

「ん……」

寝ぼけたイリスも可愛いわね。孫を思い出しちゃうわ。

身体を起こして、ぽやーっとしたイリスはまだ夢の中にいるよう。

くすっ。本当に疲れてたのね。

「コーユ様!!　あ、……すみません、すっかり寝過ごしてしまって……」

「疲れてたのね。仕方ないわよ。それより、朝食を済ませてちょうだい」

イリスったら顔が真っ赤になるやら、真っ青になるやら。忙しいわね。

まあ、私でも寝坊は恥ずかしいもの。

ふふっ。でもからかっちゃ悪いわよね？　スルーしましょう。うん。

簡単な身支度を整えて、すぐに朝食をかきこむイリス。

でも、トマトスープを食べたときは目を丸くしてこちらを見ていたの。

あら、お口に合わなかったかしら。昨日の味噌味《みそあじ》は美味しそうにしていたのに。イリスは和風の味が好きなのかしらね。

食後に甘い黒糖湯を差し出したら美味しそうに飲んでくれたわ。少しは疲れがとれたかしら。

「コーユ様。今朝はすみませんでした」

黒糖湯を飲み終えたイリスが暗い表情で頭を下げました。

「あら、気にしなくていいのに。疲れちゃったんでしょ」

「朝食の用意までしていただいて……」

「気にしなくていいのよ？　イリスは頭を殴られて大変だったんだし。ずっと、気を張っていたんでしょ？　私だってご飯くらいは作れるから問題ないわ」

「いえ、コーユ様は雇い主です。本当なら馬車でゆったりと旅行を楽しんで……」

「もう！　イリスは堅物《かたぶつ》すぎるわ。朝食作りも私は楽しんでいるのだからいいじゃない。そりゃ、この国の常識からちょっと外れているのは何となくわかっているけれども。私を楽しませると思って、そこは我慢してちょうだい」

「その辺にしとけよー、二人とも」

つい声が大きくなってしまって、野営の片付けをしていたシェヌから注意されました。

「あ、あら」

「ごめんなさい」

「ばあさんの言うことにも一理あるが、イリスの立場もわかってやってくれよ。かなり気を揉《も》んでたんだぜ」

そう言われて、私はシェヌを振り返ります。

「気を？」

「まあ、な。あんた、あまりにも危なっかしすぎるし？　常識外れだし？　かなり大金持ってるらしいし。出発前に買い物に付き合った日も、イリスは疲れきってたぞ」

「あら……それは申し訳ないことを……」

「だからな。お互いにもう少し話せばいいんじゃないか」

「そうね。イリス、ごめんなさいね。私を心配してくれたのよね」

私はイリスに向き直って、素直に頭を下げました。

「こちらこそ、申し訳ありません」

「だから！　もう少し楽にして。普通に話してね。私もできることはしたいと思うの。でも、できないことや知らないことはまだまだたくさんあるのよ。そこをあなたが助けてね」

「コーユ様ができないこと……」

「まず、この国の常識。やってはいけないこと。あとは魔法よ。魔法の使い方なんてまったくわからないんだから」

「常識……危機管理……魔法……」

危機管理？　って。私、そんなこと一言も言ってないわよ？

「私、そんなにおかしいかしら？」

「えーと……はい。とても……なんて言ったらいいか……」

躊躇《ためら》っているイリスを、シェヌは苦笑しながら後押しします。

「言っちゃえよ。今ならばあさんもちゃんと聞くと思うぞ？」

「まあ、ちゃんと聞いていますよ」

「ばあさんのは聞いてるフリだろうが。街で買い物をした時だってイリスがあんなに注意したのに、全然直らなかったんだから」

むぅ。くやしいけれど、直ってなかったならフリというのは否定できないわね。

「えっと……本当に言ってもよろしいのでしょうか……お気を悪くされたり……」

「大丈夫よ。まだまだ旅は続くんですもの。私が直すべきところを聞いておかないと、イリスが倒れちゃうかも。そうなって困るのは私よね。うん、覚悟はしたわ」

私のせいでイリスに迷惑をかけ続けるのは嫌ですからね。

でも、どんなところが危なっかしかったのでしょう。

だって、お買い物とお料理程度しかしてないわよ。

あ、なんだか悪い人たちを吹っ飛ばしたらしいけど……それくらいでしょ？

イリスは姿勢を正し、意を決したようにまっすぐに私の目を見たの。

私も、しっかり見返しましたわ。

「最初にコーユ様のことを危ないと思ったのは、買い物をしているときでした。肩掛けバッグから無造作に金貨や銀貨を出すなんて。そのお釣りもそのままバッグに突っ込んでましたよね。すぐ側に他人がいたのに気づいてましたか？　あちらこちらから狙われていたのをわかってましたか？

屋台で食事を買ったときも、私たちから勝手に離れるし。何度、迷子になりそうになりましたか？　手をお繋ぎしましょうかと言っても一切聞いていらっしゃらなかったし」

イリスの怒涛《どとう》の訴えは続きます。

「本当に危なかったのですよ？　スリが何人も寄ってきましたし、因縁をつけてきた輩《やから》もいました。そんな奴等を、コーユ様は無意識とはいえ威圧をかけたり、弾き飛ばしたり。私、何度も注意しましたよ？　それに昨日は馬車に揺れるのに慣れてないうちから、鋏を出して布を切ろうとして。大きく揺れた時、刺されそうになってゾッとしました」

はい、私がやってしまったことばかりですとも。聞いていると、なんて危ない人なんでしょう。

「コーユ様のバッグ……ただのマジックバッグじゃないですよね？　入ってる量がおかしいです。あの大量の荷物はどこに入れてるんです？　今、どこにも持ってらっしゃらないですよね？　その上、あの魔力量は何ですか。私も多いと言われますが、それ以上だなんて」

イリスは肩で息をしながら、どんどん声が大きくなって……本当にごめんなさいね……。

「私、そんな人に魔法を教えなきゃならないんですよ？　魔力量が多すぎる人は制御するのが大変なのに。私も小さい頃から必死で制御の訓練をしてきたんです。だから昨日の夜は、コーユ様の魔力を暴走させないためにはどうしたらいいか……一晩中考えていました。なのに本人は朝からのほほんとしてるし、食べたことないもの作ってるし……私は……私はどーしたらいいんですかっ‼」

とうとう泣き出してしまいました……。

う〜ん、落ち着いてもらったほうがいいわね。

バッグにお茶か何かあったかしら？　あ、そういえば屋台の果実水が美味しかったから、持ち帰り用に買ったのだったわ。

「ごめんなさいね、イリス。これでも飲んで落ち着いて、ね？」

イリスに果実水を持たせ、飲むように勧めます。

彼女が落ち着いたら、いろいろ話しましょう。

私、とっても迷惑をかけていたのね。ちょっと反省しました。


そろそろ、イリスは落ち着いたかしら。

あら、まだ目が赤いわね。ふふっ、可愛いこと。

いえいえ、ちゃんと反省しておりますとも。

これからは、まずイリスの反応を見てから行動しましょう。

あ、あら。だ、大丈夫よ。ちゃんと考えてから動きます。ちょっとシェヌ、そんな目で見ないで。

「コーユ様。すみませんでした」

「落ち着いたかしら。私のほうこそ、ごめんなさいね。イリスの気苦労をわかっていなくて……。

今後はちゃんと気をつけるようにするわ。それと、私からもいいかしら？」

「あ、はい。何でしょうか？」

「敬語はやめていただける？　イリスとの間に壁があるみたいで、嫌だわ」

「コーユ様こそ、私に丁寧すぎる言葉遣いをしていますよね？」

「あら、私は普通に話しているわよ。シェヌにだって、同じでしょう？」

「あっ……」

「イリスがシェヌやイーヴァと話す時と同じにしてもらいたいの。それに、これからイリスは私の魔法の先生をやってくれるのよね？　だったら、むしろ私がイリスに対して敬語を使うべきだわ。そうしましょうか？」

「……嫌です」

「じゃあ、イリスもお願いね？」

「……できるだけ、頑張ります」

急には無理かしら。でも、これで少しでもイリスの負担が減ってくれるといいのだけど。

「さあ、魔法を教えて。ワクワクしているのよ」

「早速ですか……」

「だって、使ってみたいじゃない」

「あー……やる気になってるところ悪いが、そろそろ出発するぜ」

えっ？　しょんぼりですわ。

肩を落とした私を見て、シェヌは苦笑します。

「そんなにがっかりせんでも……」

「子供みたいですよ、コーユ様」

「だって楽しみにしていたんですもの！」

「コーユ様。馬車の中でもできることはありますから。出発したら始めましょう」

そう言って、イリスは私に微笑みかけてくれました。

「ええっ！　頑張りますわ！」

「ああっ。もう行くぜー。早く乗ってくれっ」

シェヌに急かされてしまったわ。はいはい、では乗りましょうかね。

馬車で魔法。わくわくですわ。

6　魔法

ここからは、二頭立ての馬車の御者台にはエルムとイーヴァ。馬車の中には私とイリス。護衛の馬二頭にサパンとシェヌというかたちで進むことになりました。

早速、馬車の中でイリスに魔法を教わります。

「コーユ様、魔力を感じることはできますか？」

「昨日も言ったのだけど、それがよくわからないのよねえ」

「魔力値が高いですし、絶対魔法は使えると思うんです。両手を貸してもらえますか？」

イリスと向かい合って、両手を繋ぎます。

「今から試してみますから、目を瞑って感じてください」

言われるまま目を瞑ると、イリスは小さく呪文のような言葉を言いました。

「力よ。癒しのかたちとなり流れよ」

……あら、指先が温かくなってきたわ。

「私の魔力を流してみました。これは光属性の魔法で、『癒し《ヒール》』と呼ばれる癒しの力です」

「イリス、なんだか指先に温かいものを感じるわ」

「温かい……？　ええと、では、とりあえずその温かいのを身体に巡らせてみてください」

「巡らせる？」

「そうです。それができれば、暴発しないように制御する訓練に移れますよ」

「わかったわ。この温かいのを身体中に……」

身体中に巡らせる……血液を流すイメージね。血液の代わりに温かい魔力《これ》を流す……イメージ、イメージ……

ああ、これね!?　心臓から指先まで流れて、戻ってくる……

うん。このチカラ……首筋のコリをほぐすのに使えないかしら？　温まるんだもの。

気持ちいいわぁ。ぼやぁっと……気持ちいい……

「……コ……ユさ……」

ああ、遠くから声が聞こえるわね……

「コーユ様？」

はっ!!　何かありましたかしら？

「なぁに？」

イリスに肩を掴まれて揺さぶられていたようです。びっくりした。どきどきですわ。

「戻ってこられて……良かったです……」

気持ちのいい温かさに癒されました……

ただ、なぜかイリスの視線が、生暖かいです。

ごめんなさい。気持ち良さに呆けていました……

あれ？　魔力の制御は、できていたのかしら？

お勉強中にぼけっとするなんて、ごめんなさいね。

イリスがじーっとこちらを見ているので謝りました。ええ、悪いのは私です。

だって、だって気持ち良かったんだもの。湯船に浸かっているかのように……身体中の筋肉が温まってほぐれていくのよ？

久々のあの感覚……お風呂に入りたいわぁ……しばらく入ってない……クスン……

そういえば、ティユルは温泉地だったわね。それまで我慢、我慢。

では、気を取り直して魔法の練習を再開いたしましょう。

「イリス。あの温かいのが魔力なのね」

「はっ……はい。魔力を『癒し《ヒール》』に変換して流したので温かく感じられたのでしょう……か？」

イリスは答えてくれたけれど……なぜ疑問系なのでしょう。

「あら。普通は温かくないの？」

「魔力自体は温かくはないですね。何かの流れを感じるくらいです」

「そうなの？　まぁいいわ。ともかく、あれが魔力なのね。次はどうすればいいのかしら」

「一度ステータスを確認してみてください。先ほど、少々魔法を使われていたようなので、どれくらい魔力を消費したか確認したほうがいいと思います」

「あら私、魔法を使ってたの？」

全然気づかなかったわ。使い方なんて習っていないのに。

「えっと、私が流したのは確かに『癒し《ヒール》』で温かかったかもしれませんが、途中からはご自分で巡らせていたでしょう？　あれは魔法が発動していました」

「そうなの？　まぁ、できていたのならいいわ。『ステータスオープン』」

【名　前】コーユ（榎幸裕）
【年　齢】７０（７５）
【職　業】巻き込まれたおばあちゃん
【Ｈ　Ｐ】６０
【Ｍ　Ｐ】９５０
【魔属性】聖闇　空間　生活
【スキル】緑の手
【加　護】全能神の加護

「イリス、見える？」

「あ、はい。見えています……50ですか。非常に多く消費されていますね。もともとが1000だったことを考えると、割合的には多くないのかもしれませんが」

「普通は50も使わないってことかしら？」

「そうですね……怪我や病気の状態にもよりますが。先ほど渡したのは、MP3にも満たないほんの少量です」

「そうだったの」

ということは、私はずいぶんMPを使ってしまったのね。

「あの……最大値が多いからといって、あまり魔力を使いすぎないでくださいね。人は魔力を使い果たすと死んでしまいますから。それだけは、絶対に気をつけてください」

イリスは私に真剣な眼差しを向けました。

私だって、田舎暮らしを始める前に死にたくはないもの。わかったわ。

そう思って頷くと、イリスは続けます。

「では、次は力を制御するために、少しずつ『癒し《ヒール》』を使ってみてください。たとえば指先の荒れなどに……あ、コーユ様はまったく荒れてないですね」

「あら、私だって多少は荒れて……ないわね。おかしいわ、今朝は確かにささくれているところがあったのに」

「多分、先ほど巡らせた力で治ったのでしょう。普通は、治すものを指定して使うのですが……『病気を治せ』とか、『足の怪我を癒せ』とか……」

「今の私には癒すところがないのね。じゃあ、イリスに使ってもいいかしら？」

「わ、私っ？」

イリスは目をまん丸にして驚いています。

「ええ。だって、イリスは時々首筋に手をやっているでしょ？」

「えっ？　違和感は時々ありましたが……手をやってなんて……」

これまで何度か見たことがあって、気になっていたのよ。

「じゃあ、無意識なのね？　肩凝《こ》りかしら」

「かたこり……って、何ですか？」

あら、もしかして肩凝りは初めてなの？　むぅ、若さが羨ましい。

「ちょっと見せてね？　ここ痛い？　じゃあ、首筋の付け根は？」

イリスの肩や首筋、首回りを触ってみます。すると、首の中ほどが硬く感じられました。

あ、何かが詰まってるわ？　これが凝りね。

「痛いの痛いの飛んでいけっ」と、なでなでしながら言いました。

もう一度触ってみると……うん。硬いのがなくなったわね。

「イリス、どう？」

首を回したり、肩周りを触ったりして、イリスは不思議そうな顔をしています。

「今、何をされました？」

「え？　なでなでして、凝りがなくなれって思ったわ」

「首回りがいきなり温かくなって、すっかり違和感がなくなったのですが」

温かく？　……私、魔法を使えたの？

二人で顔を見合わせましたよ……

「コーユ様……ステータスを確認してみてください」

「ええ。『ステータスオープン』」

【名　前】コーユ（榎幸裕）
【年　齢】70（75）
【職　業】巻き込まれたおばあちゃん
【H　P】60
【M　P】900
【魔属性】聖闇　空間　生活
【スキル】緑の手
【加　護】全能神の加護

「また、50ほど消費されていますね……」

「ええ……」

私もびっくりですわ。どうやって使ったのかしらね。

「次から魔法を使うときは仰ってください。驚きますので……そういえば詠唱は？」

「詠唱って何？」

「発動するために唱える定型の言葉で……って、ええっ‼　無詠唱⁉」

イリスがとうとう固まったまま動かなくなりました……どうしましょう。どうしたらいいの？

「イリス、イリスったら。どうしたの？　大丈夫？　ねえっ」

まったく反応してくれません……

あわあわ、どうしたらいいんでしょう。仕方ないので外に向かって叫びました。

「シェヌ、イーヴァ、エルム、サパン……誰でもいいから助けてっ‼」

私の声が届いたのか、幌の外から声が聞こえます。誰かが気づいてくれたみたいです。

「イリスが固まっちゃったの！　どうしたらいいのっ！」

「馬車を止めるから少し待って！」

エルムだわ。ああ、馬車を止めてくれるのね。良かった……

イリスは大丈夫かしら。私、また何かやっちゃったみたい。どうしよう……

でもね、でもね、何が悪かったのかわからないの……

馬車が止まるとシェヌが入ってきました。エルムとサパンも……

「何があった？」

「イリスに魔法の使い方を習っていたのよ。それでね……」

シェヌに聞かれて、皆に事情を説明します。

でも、私がイリスにしたのはおまじないよ。小さい頃、お母さんやお姉さんに一度はしてもらったことあるでしょ？「痛いの痛いの、飛んでいけ」って。魔法を使えたらいいなと思いながらだけど。

一通りの説明が終わった頃、呆けたようだったイリスが頭を振っているのに気づきました。

「イリスっ！　だ、大丈夫？　どこか悪いの？　気分はどう？」

つい、矢継ぎ早に問いかけてしまいました。

「ばあさん、落ち着け。イリス、大丈夫か？」

「あ、シェヌ……大丈夫……ちょっと……」

イリスがこちらをじっと見つめます。

それに気づいたシェヌは、イリスに馬車から降りるよう促しています。

私も一緒に降りようとしたのだけど、エルムに止められました。

どうしてなの。私が何かやってしまったのなら、聞いておかなければいけないわよね。

何がダメだったのか、私自身が理解しなければならないことだわ。

でも、シェヌは私にエルムと一緒に待っているようにと言いました。

「エルム……」

「コーユ様、落ち着いて。今、シェヌとイーヴァが話を聞いているから。イリス本人に何があったか説明させたほうがいい。話しているうちに原因がわかると思うので」

「そ、そう、ね」

「ちょうど昼時か。昼飯の用意でもしようか？」

「ええ……まずはお茶でも淹れたいわ」

「わかった。小さな竈を作るよ」

エルムの手を借りて馬車から降ります。

イリスとシェヌは、少し離れたところにいました。

エルムが器用に石を組み合わせて作ってくれた小さな竈を使って、少なくなった乾燥大葉でお茶を淹れました。

二つの木のカップにお茶を注いでエルムにも渡して、それを飲みながら二人で話をします。

「すまない。うちのメンバーが迷惑をかけてしまって」

「そんな……私が迷惑をかけているのですわ……何度も注意されているのに」

エルムはお茶を一口飲むと、大きく息を吐いて遠くを見ました。

「イリスは同じ村の出なんだ。あいつは普通より魔法属性が多い上に魔力値も高くてね。安定させるのに時間がかかって……しかも、あいつの家は珍しい光属性持ちでさ。村では、イリスとその母親しか持ってなかったんだ」

エルムの口から、ポツポツとイリスの過去が語られます。

「魔力値が高いせいで、国の要請で中央の学校に行かされて……かなり苛《いじ》められたんだろう……

ハッキリとは言わないけど……」

まあ……そんなことがあったの……

「中退して帰ってきた時は……口もあまりきけないようになってたんだ……」

なんて……ひどい話。

「学校で何かあったんだと思う……魔力の制御にうるさいのは、そのせいじゃないかな」

そういえば、この国の偉い人たちは豪奢《ごうしゃ》な服を纏《まと》って、勝手に異世界召喚をしていたわね。

私から言わせてもらえば誘拐。立派な犯罪よ。

それを悪いだなんて思ってないみたいだったし……召喚した者を使い捨てにする気満々な顔をしていたわ。

そんなのが国のトップなら、中央の学校にも多分いるわよね、同じような貴族の子女が。

彼らがどんな性格をしているかなんて、会わなくてもわかるというものよ。親のやることを見ているのだし。

他の一般市民もね、基本的には右に倣《なら》えだろうし……

イリスが必要以上に心配性なのは、私が貴族に利用されて、自分と同じ目に遭ったら……と考えているからかもしれない。

悪いことをしたわね、心配かけすぎて……

「イリスたちの話が終わるまでに、昼食の準備を終わらせてしまいましょうか？」

うん、いつまでも落ち込んでなんていられないわ。

とびきり美味しいご飯を作って、イリスに元気を出してもらいましょう。

何が作れるかしらね？

ごそごそ……ポケットを探る……とりあえず、市場で買った食品の風呂敷をよいしょっと出して。

あとは、ポケットの中にあるキャリーバッグに手を入れてごそごそ……あら、黒糖……甘い物もいいわね。

風呂敷を広げると、小麦粉でしょ？　リンゴでしょ？　じゃがいもでしょ？　あとは何を使いましょうか……そういえば、ポケットにベーコンが残っていたはずよね。

ポケットをごそごそ……あ、あった！

取り出した材料を切って軽く炒めた後、器に敷き詰めて、おじゃがとリンゴのタルトを作りました。

さあ、あとは何か飲み物が欲しいのだけど……

この辺りで何か見つかるかしら、お茶代わりになる葉っぱ。

辺りを見回すと、あちらこちらにハーブみたいな植物があります。

んー？　見てもよくわからないわね……できれば蓬《よもぎ》か大葉、薄荷《はっか》があれば嬉しいのだけれど……

あ、あの木には白っぽいピンクの花が咲いているわね。花茶でもいいかも。

「エルム、あの花に毒はあるのかしら？」

私が指をさすと、エルムは視線を向けて、ジッと木を観察します。

「毒はないけど。何をするつもり？」

「ちょっとね。悪いけど、五、六枚、採ってきてもらえる？」

「あ、ああ……」

エルムが採ってきてくれた花の匂いを嗅ぐと……

あ、これ……この香りは……お茶に使えそうね。

私は周りをきょろきょろと見て、目に留まったものについて、次々にエルムに聞きます。

「エルムー、この花に毒はある？」

「ないけど、何を……」

「エルム？　この草、毒ある？」

「毒はない」

「える……」

「ない」

どんどんエルムの対応がシェヌ化しているわね……まあいいわ。このほうが早いし。

うふふっ。大漁。万歳だわね。

今日、明日はフレッシュティーを楽しみましょうか。あとは何とかうまく乾くといいけど。


さて、イリスのために、私は自分にできることを頑張りましょう。

先ほど採ってきてもらったもののうち、これはフレッシュティーに向いていると思うの。

小さな器に水を入れて葉っぱを洗い、少しかじってみます。やっぱりこれは、薄荷だわ。すーっとした香りで、ちょっと苦味があるもの。

葉っぱをキレイに洗ったら、小鍋に湯を沸かして投入。火から下ろした後に黒糖を少しだけ入れて、匙でぐるぐる混ぜたら、布を使って漉します。

できたわ。薄荷茶が。

カップに注ぎ入れて、早速飲んでみると……あ、あっつい!! ふーふー冷まして、改めて一口。美味しい。すーっとした後味。黒糖のほんのりとした甘さ。落ち着くわぁ。

やっぱり、お茶はいいわね。

んー……笊《ざる》が欲しいわね。葉っぱを乾かすのにも、お茶を濾すのにも。

竹か蔓《つる》が見つかったら、採ってきてもらいましょうか。

まだ時間があるみたいだから、先ほど採った葉や花を全部洗って、水気を拭いて。紐で縛って束にして、馬車に吊り下げて干しておきましょ。

薄荷の他にも、蓬、菊、カミツレ、薔薇《ばら》、浜茄子《はまなす》、あとは、大葉とローズマリーっぽいものが見つかったの。

全部「ぽい」ものだけど、構わないわね。毒はないってエルムが言っていたもの。

あら、イリスたちが戻ってきたわ。落ち着いたようね。良かった。

「とりあえず、お昼ご飯を食べましょう？　ね？」

皆にお皿を配って、食事にします。

鍋に敷き詰めたおじゃがとリンゴのタルトは、下に敷いている炒めたベーコンがほんのりしょっぱくて、リンゴの爽やかな香りと黒糖の甘味も広がって……うん、美味しいわ。

どこかで肉桂《にっけい》が見つからないかしら。それを入れたらもっと美味しいかも。

ただ、ちょっと量が足りないみたいね。おばあちゃんの私は充分だけど……

うーん……すぐに食べられるものが、もうないわ。どうしましょう。

「あー、旨かったぁ……」

「シェヌ、量は足りた？」

「ん？　ばあさん足りなかったのか？」

お腹をさすりつつ、シェヌは不思議そうな顔をしました。それから、ニヤリと笑って私を見ます。

「見かけによらず、あんた大食いだなー。馬車の中で動かない時間が長いんだから、そんなに食うと身体に悪いぜ？」

もう！　明らかにからかってますよね！

あ、そういえば、睨むのも魔法の一つって言ってたわよね!?

じゃあ、心を込めて睨んで差し上げましょう。ふふっ。

「や、やめてくれっ！」

いいえ、止めません。からかうほうが悪いんだから。

「ばあさん、わかってて、やってるだろっ！」

シェヌは辛そうな顔をしていますが、まだ許しませんよ。

「……ご、ごめんなさいっ！」

うふふっ。勝ったわ。

「コーユ様……」

「あ、イリス……ごめんなさいね……」

またイリスの顔色が悪くなるようなことをしてしまいました。しょんぼりです。

「いいえ。調子に乗るシェヌが悪いのです。コーユ様のなさることは……いちいち考えるのはやめることにしました」

ええっ。イリスに見捨てられた？　どうしましょう。顔から血の気が引くのを感じます。

「あの……ごめんなさい……」

「いいえ。コーユ様は悪くないのです。ただ、無理に自分の常識に当てはめようとするのをやめただけですよ」

イリスは長く息を吐いて、優しく微笑んでくれました。

「……イリスの常識？」

「ええ。学校で学んだことや、自分で冒険して学んだと思っていたことです」

「それはイリスの経験を私に当てはめないってことかしら？」

「そうです。コーユ様は魔力の使い方はわからないのに魔法を使えてますよね。シェヌへの『威圧』も、他の人には向けられていませんよ」

「……そうなの？」

放つ方向なんて考えてもいなかったけれど。

「私には感じられませんでした。方向性がきちんとあるのは、制御できている証拠です。そこでふと思ったのですが、コーユ様の場合、直接魔法を見たり使ってみたりしたほうが身につきやすいのかもしれません。私は学校で詠唱を暗記して、それによって魔法を発動していますが、コーユ様は『威圧』も『癒し《ヒール》』も感覚的に発動させています」

まあ、言われてみればそうかもしれないわね。使おうと意識して使ったのは、今が初めてですし。

私が思案していると、イリスはくすりと笑って優しく言葉をかけてくれました。

「どれくらい習得できるかはわかりませんが、私だけでなくイーヴァのも見て、感じてくださいね」

「……イーヴァの？」

そういえば前に、イーヴァにも得意な魔法があるって聞いたけど、何だったかしら？

「イーヴァの魔法は、敵の察知や気配の隠蔽《いんぺい》に特化しています。何かあった時、コーユ様は隠れられるようにならないといけませんから」

「隠れるって？」

……なんだったかしら。前にも似たような会話をした気がするけれど。

「コーユ様？　前にも言いましたが……やはりまだご自分の危うさを理解しておられないのですね。はぁ、仕方ないか……コーユ様だもの」

イリスにため息をつかれてしまいました。

「魔力が豊富で、無詠唱で。全能神の加護があるんですよね？」

そんなのあったかしら？

私はこっそり「ステータス」と呟きました。

【名　前】コーユ（榎幸裕）
【年　齢】７０（７５）
【職　業】巻き込まれたおばあちゃん
【Ｈ　Ｐ】６０
【Ｍ　Ｐ】９００
【魔属性】聖闇　空間　生活
【スキル】緑の手
【加　護】全能神の加護

あ、あるわね……

「空間の属性もありますよね？」

イリスの言葉に、こくんと頷きます。

「コーユ様のバッグは、『マジックバッグ』じゃなくて『無限収納《インベントリ》』ですね？」

この問いかけにも、素直に頷きます。

「コーユ様。あなたはご自分の力を悪事や戦争に使われたいですか？」

「そんなことあるわけないじゃないの！」

「でしょうね。だから危ないんですよ。無限収納《インベントリ》って便利ですよね。武器も食糧も、いくらでも運べて。後方支援ではこれ以上ないくらい強力です。悪事にしてもそうです。危ない証拠や大事な物を無限収納《インベントリ》に入れておけば、誰にも見つかることなく保管しておけますよね？」

「そんなの、やりたくないわ……」

あ、そういえば、隷属の首輪っていうのがあるのだったわね。聞いていたのに、すっかり忘れていました。

「思い出していただけたようで……」

防御も隠れるのも練習します。こくこく頷きます。

「あとはおいおい頑張りましょうか……いろいろと魔法を使うので、見て覚えてくださいね」

おいおい……ね。ちょっとイリスがシェヌ化していますわ。

まあ、気持ちに余裕ができたみたいなので、これはこれで良しとしましょう。

7　イーヴァ

再び、馬車に乗り込みました。さて、再出発です。

朝と同じように御者台にはエルムとイーヴァ。馬二頭にはサパンとシェヌがそれぞれ騎乗しています。馬車の中には私とイリスです。

イリスにはこの国の歴史や経済のことを話してもらっています。黙ったままでは間が持たないし、退屈だものね。

そのうち食事の話になりました。普段の食事や旅先、イリスが通っていた中央の学校では、どんなものを食べていたのかなどです。

それでわかったのは、この世界では味付けは塩味のみが一般的ということ。それと、お茶は存在するそうで、一安心しました。といっても、お茶を飲むのは貴族の方やお金持ちの方ばかりみたいだけど。

甘味は、干した果物が中心なのですって。

だからイリスは、これまでに私が振る舞った味噌《みそ》味《あじ》のスープやおじゃがとリンゴのタルト、大葉や薄荷のお茶がとても美味しかったって言ってくれたの。嬉しかったわ。たいした料理でもないのにね。

そして、気になっていた食材のことも聞きました。

それは、卵のこと。市場でも見かけなかったし、料理にも使われていないどころか、話題にも出てこなかったもの。

だからイリスに聞いてみたのだけど、なんと卵のことを知らなかったみたい。

魔獣の卵ですかと聞き返されて、驚いてしまったわ。

違うわよ、お肉として食べる鳥の卵よ、と説明したら、今度はその卵でどんなものができるのですかって言うから、ふわふわケーキや卵焼き、オムレツ、プリン……と教えたの。

するとイリスはブツブツ呟き始めて……こんなに食いしん坊さんだとは知らなかったわ。

そんな感じでいろいろお喋《しゃべ》りしていたのだけれど、私ったら、いつの間にか眠ってしまったみたいね。

はふぅ……よく寝たわ。

あら、馬車が止まっているわね。イリスも外に出ているみたいだわ。

「イリスーっ」

幌から顔を出して呼んでみました。

「あ、コーユ様。起きられました？　よく眠ってらしたので」

声をかけると、イリスはこちらを振り返りました。どうやら、外で身体を動かしていたようです。

ずっと座りっぱなしだと身体が硬くなっちゃうものね。

「今は休憩？」

うん。私も降りよう……

「そうですーっ。えっ!?」

地面に向かって精一杯足を伸ばすと、イリスが慌てて駆け寄ってきました。

「無理しないでっ。言ってくだされば手を貸しますから」

ごめんなさい。ちょっと、私には高かったみたい。降りようとしたけれど、地面に足が届かなかったわ。

そうよね。いつもは階段みたいなものがあったもの。でも、イリスは背が高いからいらないのよね。

イリスに手伝ってもらって馬車から降り、私も少し身体を動かしました。

それからお手洗いを済ませて……あら、もう出発？　ああ、そのための休憩でしたのね。

私が馬車に乗り込むと（ちゃんと簡易階段が設置してありましたわ）、すでに人がいました。

……あら、今度はイーヴァが馬車の中なのね。これまでお話しする機会が少なかったから、チャンスだわ。

「イーヴァ、馬車の中は珍しいわね」

「イリス、外、希望」

「あら。どうしてかしら……」

気分転換かもしれないわね。ずっと馬車の中にいると、ちょっと退屈だもの。

「そうそう、イーヴァはどんな食べ物が好き？」

「全部」

ん？　全部？

「じゃあ嫌いな食べ物は？」

「食べられないもの」

イーヴァ……食べられないものは、嫌いとは別の話よ。

「えっと。そうね、昨日飲んだお茶と今日飲んだお茶、どっちが好き？」

「……どっちも……」

「どっちも？」

「美味しかった」

そう？　嬉しいわっ。じゃあね、じゃあね。

「昨日のだご汁と今朝のトマトスープ、どっちが好き？」

「だご汁？　トマトスープ？」

ああ、イーヴァが首を傾げるのも当然よね。皆さん、こんな料理は初めて食べるって言っていたし。

「えっと、だご汁はお団子の入ったお味噌汁で、トマトスープは赤いお野菜の入ったスープよ」

「おみそしる？　何？　赤い野菜？　マテ？」

あ、お味噌はこっちにはないのね。マテ？　トマトのことかしら？

ポケットをがさがさと漁《あさ》ります。お味噌の樽は……あ、これね。キャリーバッグからイチイチ探すのは大変だわ。風呂敷に入れ替えましょ。

いい機会だから、風呂敷に移すついでに食材を並べて、一つずつ指をさして聞いていくことにしました。

「イーヴァ、これがマテ？」

トマトを指さして聞きます。

「うん。マテ」

次はじゃがいもを指さして——

「じゃあ、これはなんて言うの？」

「テル」

その後も、人参、玉ねぎ、リンゴの名前を聞いてみると、それぞれ「キャロ」「オニョ」「ポム」と教えてくれました。

うん。だいたいわかったわ。

「で、イーヴァはお団子の入ったスープとマテのスープ、どちらが好み？」

「……団子の」

まあ、嬉しいわ。もっと作りたいけど、味噌の残りがあまりないのよね。大豆があれば作れるかもしれないけど。あ、そうだわ。

「お昼のじゃがいも《テル》とリンゴ《ポム》を使ったお料理はどうだった？」

「おいしい」

「それは良かったわ。また作るわね」

「うんっ」

あら、イーヴァが嬉しそう？　ちょっとだけ表情が柔らかくなったわね。可愛らしいわ。

そういえば、イーヴァっていくつなのかしら？

「ねえ、イーヴァ？　お年はいくつなの？」

「十五」

「あら、孫より若いのね」

「まご？」

「そうよ。国にいる孫娘。今、二十歳なの。先日、結婚したばかりなのよ」

思わず、遠い目をしてしまったわ。しんちゃん、元気かしら。

「さみしい？」

イーヴァは私のほうをちらりと見て、また視線を外して尋ねます。

「そうね。でも……仕方ないわね」

「仕方ない？」

「ええ。諦めるしかなかったの」

王様の勝手で召喚が行われて、巻き込まれたことには腹が立つけど、身体がすでに荼毘《だび》に付されているなら、もうどうしようもないもの。

「あの子の幸せをこちらで願っているわ」

「自分は？」

「私？　私は私で、精一杯幸せになれるように努力するだけですよ」

ちょっとしんみり、でも精一杯明るく見えるように笑ってみせたわ。ふふっ。

それにしても、イーヴァったら可愛いわ……構い倒したい……

……はい、やめておきますわ。嫌われたくないもの。

でも、お喋りはしたいの。だって、イーヴァって単語でしか話さないでしょう？　私から話しかけなければお喋りにならないなんて、とても残念。

なんでもいいわ。お話を続けましょ。もっと打ち解けたいもの。

そうね、動物の名前でも尋ねてみましょうか。

「イーヴァ、この辺りに生息している動物って何がいるの？」

「動物？　魔獣？」

「どちらでも構わないわ。人はどんな生き物を狩って食べるのかしら」

やっぱり、まずは食材になるものから知りたいわよね。

「角兎《ホーンラビ》、角牛《ホーンブル》、鬼鳩《コロンブ》、鳥《コッコ》」

待って、待って。いっぺんに言われても覚えきれないわ。

「コッコ？　それはどんな生き物なの？」

なんとなく、響きが鶏《にわとり》っぽいのだけれども？

「これくらい。茶色い羽。鳥」

イーヴァが手で大きさを教えてくれます。だいたい四十センチメートルくらいね。あれ？　それって、だご汁に使った鶏肉かしら？

「ねえ、それって昨日の夕食に使ったお肉のことかしら？」

すると、イーヴァはこくりと頷きます。

「どうやって狩るの？」

「森、薮《やぶ》、いる」

「薮の中？　飛ぶの？」

「ちょっと飛ぶ。木の上くらいまで。素早い」

「ふうん。巣は？　見たことあるかしら？」

「巣？　見たことない」

そうなのね。残念だわ。卵が手に入るかと思ったのに……まあ、おいおいでいいわね。

「そう。じゃあ、ホーンラビってどんな生き物？」

「食べやすい。固くない」

「イーヴァ……どんな形の生き物なのかしら？」

うん。食材としてはいいものなのね。でもそれじゃあ、どんな動物かさっぱりわからないわ。

「これくらい。茶色い。耳長い。角ある。角、魔核」

コッコより大きいのね。また茶色？　この世界の生き物って、茶色いのが多いのかしら。

耳が長いってことは、もしかすると兎《うさぎ》かもしれないわね。

「じゃあ、ホーンブルって？」

「馬より大きい。茶色。力強い。たくさんの肉。おいしい」

うん。やっぱりお肉。イーヴァにとって、動物ってお肉でしかないのね。

次は……さっきエルムと一緒に採った野草について聞いてみようかしら。

「じゃあね、この草はなんて言うの？」

蓬もどきを指さして聞いてみる。

「エルブ？」

「エルブって言うのね。これをお茶にしようと思うのだけど……大丈夫だと思う？」

「エルブは薬」

「あら、薬なの？　どうやって使うの？」

「ポーションにする」

「ポーションって？」

どんどん知らない単語が出てくるわね。覚えきれるかしら。多分忘れるのもあるわね。

「飲む薬」

「あ、飲み薬の材料になるのね？　で、どうやって？」

「知らない。ギルド、持っていく」

さすがにわからないのね。でも、毒はないってエルムも言っていたもの。

「そう。じゃあ、お茶にしても問題なさそうね」

すると、イーヴァが何か言いたそうに私を見ました。

どうしたのかしら？

言葉を発しようとしては止めて、というのを何度か繰り返したイーヴァは、ついに覚悟を決めたようです。

「こ、コーユ、さま、お茶好き？」

あら、イーヴァから質問してくれたわ。しかも、私の名前を初めて呼んでくれたわね。ふふっ。嬉しいこと。

それにしても、だいぶ勇気を振り絞ってくれたみたいだわ。いざ私に話かける時には顔を背けてしまったし……こんなに話すのが苦手だなんて、何かあったのかしら。

ともあれ、イーヴァが頑張ってくれたのはとても嬉しい。思わず笑顔になっちゃうわね。

「ええ。好きよ。だって一服すると心が落ち着くでしょう？」

「いっぷく？」

「お茶を飲むことを『一服する』って言うのよ。ふふっ」

「うふふ？　さっきから笑う？」

「ええ。イーヴァが私に興味を示してくれたから嬉しくて」

「嬉しいの？」

キョトンとしたイーヴァも可愛いわね。

もちろん、私は満面の笑みで答えました。

「嬉しいわよ」

あれこれ話をしていたら、馬車が止まりました。

イーヴァに視線で問いかけると、なんとなくわかったみたいで答えてくれます。

「たぶん、野営地」

あら、もうそんな時間なのね。ではでは、降りて夕食を作りましょうか。

イーヴァが先に降りて簡易階段をつけてくれました。とっても気の利《き》く子です。

「イーヴァ、何食べたい？」

「団子？」

ああ、あれね。じゃあ具だくさんのスープと団子を作りましょう。

ちょっと、お味噌が心配だけど。


「あー、旨かった。ばあさんの飯は旨いよなー」

「シェヌ、ありがと。お茶飲む？」

私がカミツレもどきを使って淹れたお茶を差し出すと、シェヌは「飲むっ」と答えて早速口をつけます。

「うわっ、なんだこれ。いい匂い……」

「そうでしょう。途中で見つけて採っておいたのよ」

笑顔でシェヌに説明しつつ、イーヴァにもお茶を配ります。

すると、イーヴァもお茶を飲んでくれました。

「ばあちゃん、いっぷく？」

「そうよ。落ち着くでしょう？　美味しい？」

「美味しい……」

やっぱりイーヴァは可愛いわね。……なんて思っていると、シェヌが驚いたように言葉を漏らしました。

「は？　イーヴァが話をしてる……ばあちゃんだと？　いつから？」

あら、みんなこっちを見ているけど、なぁに？

「イーヴァだって、お喋りくらいするわよ」

当然、と思って言ったけれど、シェヌは相変わらず目をぱちくりしています。

「いや……それ、ばあさんだけだと思う……」

「コーユ様？　何をされました？」

イリスは驚き半分、不安半分といった表情で私に尋ねます。

「あら、馬車でお喋りしただけよ？　ねえ、イーヴァ」

「うん。しゃべった」

皆はいろいろ言うけれど、本当にお喋りしただけよ。馬車の中で、それ以外にすることなんて何があるというの？

でも、そうね……イーヴァと話していて、気になることはいくつかあったわ。

イーヴァがほとんど単語でしか話さないこと。聞き取るのはちゃんとできているのだから、話慣れていないだけかと思うのですけれど。

あと、相手の名前を呼ぶのを極端に恐れていることかしら。あれから、二、三回、私の名前を呼んでくれたけど、そのたびに勇気を振り絞っているみたいに見えたもの。しかも、話すときは必ず視線を外すのよ。

だから、もっと気軽に「おばあちゃん」とでも呼んで、とお願いしてみました。

そうしたら、イーヴァはそのほうがよかったみたい。

こんなに名前を呼ぶのに抵抗があるなんて、何かあったのかしらとも思ったのだけれども、無理に聞き出すことではないわよね？　まだ知り合ってから二日ですもの。

……あら、まだ二日しか経ってなかったのね。もっと長く一緒にいる気がしていたわ。

何か困っていることがあったのだとしても、イーヴァが話してくれるのを待つべきよね。

ううん、話す話さないは別として、いつか自分で乗り越えられるといいと思うわ。

◆◆◆

お夕飯を食べたあとは、私はイリスと馬車で休みます。

すでに同じ服のまま二日を過ごしているから、そろそろ着替えたいわ。

もう無限収納《インベントリ》はバレていることだし、新しい服を出しても驚かれないわよね。

でも、みんなはずっと同じ服ってことは、こちらの世界ではあまり着替えないのが常識なのかも。

着替えたいけれど、また何かイリスに迷惑をかけるのではないかと悩みます。

うーん、でもやっぱり気持ち悪い……

「ねえ、イリス」

「なんでしょう？」

「あ、あのね、お着替えとかしても構わないかしら？」

「え？　着替えですか？　なさればよろしいのでは？」

恐る恐る聞いてみると、きょとんとした表情でイリスが答えました。

「……いいの？　皆してないけど。イリスも昨日と同じ服よね？」

「ええ。まだ二日ですし……あ！」

「なぁに？」

しまった、という顔をした後、イリスはばつが悪そうに言います。

「コーユ様……魔法、使えなかったんでしたね」

「ええ。魔法を使うのを見て覚えるはずだったのだけど……」

ずっと馬車の中にいると、なかなかそういう機会がないのよね。

私がそんなことを思っていると、イリスは頭を下げました。

「すみません、気づいておらず。えっと……『洗浄《クリーン》』っていう生活魔法がありまして……」

「『洗浄《クリーン》』？」

「身体を洗うというわけじゃないですけど、綺麗にできます」

「温泉に入った感じ？」

「あ、そこまでじゃないです」

ふうん。身体を拭くくらいの感じかしら。それでも、綺麗になるならありがたいわね。

「私にもできるかしら」

「うーん……今日は私がかけますね。身を清め塵《ちり》とともに去れ『洗浄《クリーン》』」

あ、あら。汗のべたつきがなくなった気がするわ。少しさっぱりしました。

でも、やっぱり服は着替えたいわね。

ポケットの中をごそごそと漁っていたけれど、キャリーバッグの中にある服をなかなかうまく取り出せないわね。ごまかすのも疲れちゃったし、そもそも無限収納《インベントリ》のことは知られてるんだから、キャリーバッグを出して服を着替えましょう。

よいしょっと……　ん？　視線を感じる？

「イリス、ごめんなさいね。服を着替えたいの。いいかしら？」

「あっ……はい……」

えっと、まずは下着を出して。明日からは動きやすいのがいいのかしらね。じゃあ、ズボンにしましょう。灰色のヘリンボーンのパンツはお気に入りなの。上は生《き》なりのハイネックのニットで。パジャマではないのでゆったりとはいかないけれど、今は旅の途中ですもの。我がままは言えないわよね。

着替えて一息ついたら眠くなっちゃったわ。お洗濯はできていないけれど、明日にしましょう。おやすみなさい。

8　角兎

そんなこんなで旅を続けて、今日は異世界に来てから五日目。旅にもだいぶ慣れたのよ。

はふぅ……よく寝たわ。イリスはもう起きて外にいるみたいね。

首を動かすと、コキって鳴ったのは年のせいかしら。いやだわ、せっかく若返ったのに。

あら、そういえば若返ったのよね？　でも、年齢的には老人よね？　なんて中途半端な……

まあいいわ。起きて朝ご飯を作りましょうか。

馬車から降りようとしたのだけれど、簡易階段がついてないわね。

よっこいしょっ……精一杯地面に足を伸ばして……いつも思うのだけど、馬車から降りるときが一番大変ね。

あ、足が届かないっ。ずりずりずりと、馬車から滑り下りるようになって……

あ、あーっ……と、届いた……かな？

足先が地面に当たった感じがして、私は馬車から手で身体を押し出しました。

よいしょっ……っと。ふう、今朝も怪我なく降りることができました。

朝食を作って皆でご飯にしたのだけれど、もうほとんど食材がないわ。

ティユルまで、あとどれくらいかかるのかしら。

ちょっとエルムに聞いてみましょう。

「ねえ、エルム。あとどれくらいでティユルに到着するの？」

「あと八日くらいかな」

「まあ、どうしましょう。食材がもうないのよ。調味料も足りないの」

「干し肉ならまだあるし、堅パンも少し残ってるよ。それに、あと二日もすれば小さな村に着く」

「でも……二日も干し肉ばかりで大丈夫？」

それで命を落とすことはまずないけれど、私はちょっと嫌だわ。料理をしたり、美味しいものを食べたりするのは生きがいですもの。

「そうだな……我々は慣れているけどね。到着が遅くなるが、今日は狩りと食材の採集にしようか？」

「そうしてもらえるとありがたいわ。ただ、調味料が足りないから塩味のものしか作れないけど」

「それが普通だから構わないよ。じゃあ、ちょっと道から逸れるね」

「わかったわ。本当に我がまま言ってごめんなさい」

だって、もうお茶もないのよ。エルムに協力してもらって採った野草も、休憩や食事ごとにお茶にしていたから、すっかりなくなってしまったわ。お野菜にいたっては皮まで使いきりました。

お水だけは魔法で出せるので、大丈夫みたいなのだけれども。

ちなみに、魔法の練習は眠る前にしています。魔力を身体に巡らせたり、手だけに集めたり……

そんな基本練習を頑張っているのよ。だから、まだ自分で『洗浄《クリーン》』もできないの。イリスが毎日かけてくれるからいいのだけれど。

さて、エルムが皆に、今日は狩りと採集をすると伝えてくれました。

イリスとサパンが狩りに出て、エルムとシェヌが採集に行ってくれるようです。

私とイーヴァは、馬車で留守番なんですって。私でも採集くらいできると思うのにね。

それで、イーヴァは私の護衛とのことでした。うん、私のお守りですね。

まあ、いいわ。クッション用のカバーでも縫って、皆が戻ってくるのを待っていましょう。中に入れる綿はないけれど、あと二日で村に着くなら、そこで買えばいいわ。

針と糸、それから布を出して裁縫を始めます。チクチクチクチク……

「イーヴァ、何色が好き？」

「色？　なんで？」

突然質問されて、イーヴァはきょとんとしました。

「クッションをね、作ろうと思うのよ。イーヴァの好きな色で刺繍《ししゅう》でもしようと思って」

「茶色」

「茶色？　何を刺繍しましょう」

「いっぷく？」

「あら、お茶が気に入ったの？」

「うん」

「そうね。お茶……カップかしら？」

カップの刺繍なんてしたことはないけれど、そんなに難しくないから大丈夫ね。

「楽しみ」

「ええ。楽しみにしていてね」

では、生地の端に小さく『イーヴァ』って名前を入れて、中央にカップの刺繍を足して。うんうん、湯気もつけましょう。よし、イーヴァの分は完成！

次は、イリスの分を作りましょう。

「ねえイーヴァ、イリスには何が似合うかしら？」

「イリス？　花、青いの」

「あら、イーヴァは、イリスには青い花が似合うと思うのね」

「うん」

「青い糸……あ、あったわ。これで縫い取りしましょ」

チクチクチクチク……アイリスのお花をかたどってみました。ふふっ。

……みんな、遅いわね。お昼の用意でもしましょうか。

イーヴァと一緒に馬車を降りて、残っている干し肉と麦でご飯を作ります。

んー……やっぱり何か青物が欲しいわね。

キョロキョロと辺りを見回すと――

あら、あれはからし菜かしら？　食べられるといいのだけれども。

「イーヴァ、あの草に毒はある？」

「ん？　どれ？」

「これよ、これ」

草の生えているところまでイーヴァの手を引いて連れていきます。

「これ？」

「そう。この草に毒はある？　食べられるかしら？」

「食べられる。でも、苦い」

「苦いの？」

「うん」

灰汁《あく》があるのでしょうか……まあ、だったら灰汁抜きをすればいいわね。

「イーヴァ、少しだけ摘《つま》みたいのだけれども、『洗浄《クリーン》』ってかけられる？」

「ん」

イーヴァが苦い草が生えている辺り（一メートル四方くらい？）に、『洗浄《クリーン》』をかけてくれました。

少しだけ摘んでいきましょう。

他にも何かあればいいのだけれど。食材は全然足りてないのよ。

あ、あれは酸《す》い葉《ば》かしら、虎杖《いたどり》かしら？　似ているわよね？

「イーヴァ、これは食べられる？」

「ばあちゃん、それ酸っぱい」

「食べたことがあるのね。酸っぱいの？　食べたのは生で？」

「お腹空いたとき食べた。酸っぱくてしゃりしゃり」

酸い葉なのね。口直しとして、ちょうどいい付け合わせになるわ。

「イーヴァ、さっきと同じように『洗浄《クリーン》』してくれる？」

「うん」

それから、次々に採取して……ふう、結構採れたわね。

じゃあ、馬車まで持って帰りましょう。

野草を抱えて、よいしょっと持ち上げて……お、重いわ。日本の酸い葉とは少し違うのね。水分がかなり多いの。

「イーヴァ、持って帰るのを手伝ってね」

「持っていく。ばあちゃん待ってて」

「え？　私も少しは持てるわよ？　一緒に馬車まで運びましょうよ」

「ばあちゃん。ここで、待ってて」

イーヴァが全部運んでくれるの？　それはありがたいけれど……

「ふぅ。じゃあ一緒に行くのは駄目なの？」

「一度は重い。ごめん」

さすがに一度に全部は運べないってことね。そうよね、当然だわ。

「そう。二度目に一緒に移動するのね？　私こそごめんなさいね。手間をとらせちゃった上に、イーヴァの気遣いをわかってあげられなくて」

「ううん。もっと持てるようになる」

イーヴァは首を振って答えます。

えっと、これは重いものでも持てるように、これから頑張って鍛えるって意思表示かしら。

「ええ。頑張ってね。応援するわ」

……あら、ちょっとかける言葉を間違ったような気もするのだけど、イーヴァが嬉しそうだからいいわよね？

イーヴァはこくりと頷くと、野草を抱え上げました。

「行ってくる。待ってて」

「ええ、ここで待っているわね。いってらっしゃい」

じゃあ、座って待ってましょう。そんなに時間はかからないわよね。

馬車まで、往復三分くらいかしら。見えるのだけど、結構遠いわね。


イーヴァが離れて一人になると――

がさがさっ!!

な、何かしら？　後ろの薮《やぶ》から音がしたわ。

振り返ると、耳の長い、茶色い毛の生き物がいます。兎に似ているわ。

ただ、大きさが柴犬くらいあるじゃないのっ!!　しかも角まであるなんて!

驚いて立ち上がり、じりじりと後ろに下がります。目は逸らさないように……

野生ね。当たり前だけど……

私が下がるのにあわせて、兎もにじり寄ってきます。

ど、どうすればっ。きゃあ、跳んだ!

兎が私に向かって角を突き出して跳び掛かってきたので、咄嗟《とっさ》に身をよじって避けようとしたけれど……い、いったぁ……

角が、刺さったわ。血、血が出てきちゃった。

まだ二の腕でよかったわ。足を怪我したら逃げられないもの。

兎はこちらを見て、角を向けて威嚇《いかく》しています。こちらでも兎の目は赤いのね。

……と思ったけれど、ち、違う。血走っているんだわ。

うわっ、また跳んだ!　に、逃げなきゃっ!

そう思って駆け出したけれど、足がもつれて転んでしまって。

また兎が角を突き出して跳んできたから、ごろごろ転がって避けました……きゃあ、着地してすぐ向きを変えて跳ぶなんて卑怯《ひきょう》よ。

今度は角が太股をかすり、ズボンが破れて血が滲んできました。

ああ、何だか眩暈《めまい》がしてきたわ……血が流れ出ているせいかしら……

イーヴァ……イリス……

◆　◆　◆

「……ゆ……さ……こ……ゆさ……こーゆさま……」

あ……ら……だれかが……よんでい……

私？　私を呼んでいるの？　誰が？

「コーユ様、大丈夫ですか？」

あ……イリスだわ……イリスが呼んでいるのね。

「コーユ様……」

ん……返事をしなきゃ……

「……い……いり……」

「コーユ様っ。気がつかれ……大丈夫ですかっ？」

「わ……私……どうしたの……かしら……」

身体が熱くて、すごくだるい。

「動かないでください。傷口は塞《ふさ》ぎましたが、かなり出血していたんです」

「しゅっ……けつ？」

出血って……何が……

「とりあえず、お水を飲まれますか？　少し熱が出ていますから」

「ん……のむ……」

声が出にくいのよ。喉《のど》ががらがらしてる。

「身体を起こしますね」

イリスが後ろから支えてくれて、なんとか起き上がります。

イリスが魔法で出した水をカップに入れて、渡してくれました。

んくっんくっ……はぁ……水を飲んだら少し落ち着いたわ。

「大丈夫ですか？」

「ええ。大丈夫」

ちょっと、頭が痛いけれど。

ここは馬車の中ね。敷布の上に寝かされていたみたい。

イリスの他には誰もいないわね……

「何があったのかしら」

「覚えてらっしゃらないのですかっ？」

「ちょっと、待ってね……あぁ、兎さんに……」

「さん……角兎《ホーンラビ》はそんな可愛いものでは……」

イリス？　なぁに？

ちょっと、イリスが遠い目になっているけど……

そうそう、イーヴァを待っている間に大きな兎に襲われて、角で刺されたのよね。

あ、イーヴァは？　怪我をしてないかしら。

「イリス、イーヴァはどこ？　呼んでくれる？」

「熱が下がったら呼びますね」

「駄目よ。今、連れてきて。呼べないなら私が行くわ」

そう言って立ち上がろうとしたけれど……あ、頭がずきずきする……

「コーユ様、無理しないでください。……仕方ないですね、少しだけですよ」

ごめんなさいね、我がまま言って。少しでいいから、顔を見て安心したいの。

「連れてきますから、横になっててください」

「ええ……」

イリスは私の身体を支えて寝かせると、馬車を降りて外に行きました。

ずきずきずきずき……頭が痛いわ。目が回って……頑張れ、私。

さほど時間を置かず、馬車にイーヴァがやってきました。イリスも一緒です。

イーヴァはこれまで見たことがないほど顔を真っ青にして……今にも泣き出しそう。

「ばあちゃん……ご……」

「イーヴァ、心配かけて、ごめんなさいね。私は大丈夫だから」

「そば……はなれ……」

あら、私の側を離れたことを悪いと思っているのかしら。でも、あれは私を気遣って野草を運んでくれたのだから、何も問題ないわよね。

「イーヴァは悪くないの。大丈夫。少し寝れば良くなるわ」

「大丈夫じゃないっ。血がいっぱい……」

イーヴァは、ぽろぽろと涙をこぼしながら私の手を握ります。

「大丈夫。傷口はイリスが塞いでくれたのでしょ？　あとは治るだけよ」

「ばあちゃん……う……ごめ……」

「泣かないの。大丈夫だから。でも、ちょっと寝るわね」

「うん。そば、いるから」

「ええ。おやすみ」

大丈夫、とは言ったけれど……もう会話は無理……限界……おやすみなさい……。

熱い……喉が渇いて……目が回るわ……ぐらぐら……節々《ふしぶし》が痛いわね。

身体を起こそうと力を入れるけれど……お、起き上がれない……んん……な、なんとか座れた……。

はあ、喉が渇いたわ。

キョロキョロと見回すと、イーヴァが側についてくれていました。疲れて眠っているみたい。ごめんなさいね。心配かけて。

んっと、立つのは無理……ね……。

ずりずり……なんとか、四つん這《ば》いで動きます。なるべく、音を立てないように。

ふぅ……出しっぱなしだったキャリーバッグからタオルを取り出して。

かなり汗をかいたみたいだから、身体を拭きましょう。全身は無理だけどね。服も着替えたいわ。

ん⁉ 腕のところが破れているわ。脇腹や、ズボンの太股のところにも大きな裂け目がある。

これは、かなり……大きな怪我をした……みたいね。

途中から記憶が曖昧《あいまい》だけど……こっちの兎さんって獰猛《どうもう》なのね。

私ってまだまだわかってないみたい、こちらの世界のことを。

どうすればいいのかしら。早く慣れないと、これからも皆に迷惑をかけてしまうわ。

いいえ、焦らない、焦らない……

わかってないなら、知っている人たちから教わればいいのですから。

焦っても、空回りするだけだわ。

でも、ひとつ学んだわね。兎さんは凶暴ってこと。

可愛いのに、飼うのは無理なのね。まあ、もともと兎を飼う気はありませんが。

猫も凶暴なのかしら。飼いたかったけれど、無理かもしれないわね。

さあ、イーヴァを起こしましょうか。眠っているところを申し訳ないけれど、お水が飲みたいの。

あと、状況も知りたいわ。

「イーヴァ、起きて。ごめんなさいね、お水が飲みたいの」

「ん、ばあ……ばあちゃん。起きた？　起きて大丈夫？」

「ええ。だいぶ楽になったわ。悪いけど、カップにお水を注いできてもらえる？」

「持ってくるっ」

即座に立ち上がって、ものすごい勢いで馬車を飛び出していきました。イーヴァったら、慌てなくても大丈夫よ。

キャリーバッグから薬を出しておきましょう。痛み止めがあったわよね？　胃に優しいって宣伝していた薬。本当は鉄分を補給したいけれど、今、お料理は無理ね。

いくら胃に優しい薬でも、何かお腹に入れておかないとよくないかしら。

キャリーバッグをごそごそ漁ってみると……ビスケットとドライフルーツがありました。たくさんは食べられないけれど、何も食べないよりはいいわよね？

「ばあちゃん、水」

戻ってきたイーヴァが、お水を差し出してくれました。

「イーヴァ、ありがと」

ああ、お水が美味しいわ。ビスケットとイチジクのドライフルーツを少し食べました。甘くて美味しかったわ。

それから痛み止めをお水で流し込んで、また横になります。

早く元気にならないと、イーヴァやイリスが心配するものね。

今、何時くらいなのかしら。ずっと寝ていたからよくわからないわ。

「ばあちゃん、大丈夫？」

「ええ。まだ少し頭が痛いけれど、今、薬を飲んだから。そうね、ひと眠りしたら治ると思うわ。もう少し休むわね」

そう言って横になると、身体がまだだるいことに気づきました。無理は禁物ね。目を瞑って……

ふと、目が覚めました。今は何時かしら。すっかり暗くなっているわね。

あ、そういえば着替えるのを忘れていたわ。でももう明日でいいわね。

真っ暗だし、寝息が聞こえるってことは、夜ね。仕方ないわ、もう少し寝ましょう。

人影くらいにしか見えないけれど、私の隣に寝ているのはイリスかしら。

イリスにも心配かけちゃったわ。そうよね、目を覚ましてすぐにイーヴァを呼んだりして悪かったわね。きっとイリスだって私のことを心配してくれていたはずなのに。

ううん、イリスだけじゃない。シェヌだって、エルムやサパンにも迷惑をかけてしまったわ。

考えが足りませんでした。ここは平和な日本ではないのに。

危ないのは人間の悪意や欲だけじゃないわ。どんな動物がいて、どれくらい危険なのか……知ろうとしなかった……

完全に、旅行気分だったわ。

この前もイリスに注意されて、もっと気をつけなきゃと反省したはずなのに。

どれくらい知っていれば、生きていけるのかしら。

いくらお金があっても……

知識も、こちらで生きていく上での知恵も足りないままだわ。
どうしたら……いいのかしら……ね……
いいえ。今は、考えるのは止めておきましょう。
暗闇の中で悩めば、考えも暗い方へ引きずられてしまうもの。
明日の朝、明るくなって、お腹を満たして、それからちゃんと考えましょう。

9 反省

ん、んー……よく寝た……
ふぅ。眩暈《めまい》や身体の痛みもなくなったし。もう大丈夫ね。
さぁ、起きてご飯を作りま……そういえば、今何時頃なのかしら？
イリスはもう外にいるみたいね。
とりあえず起きて……よっこいしょっ……あっ……ふ、ふらつくところだったわ……
ぐぅ……お腹が空いた……
幌を上げて、外に声をかけてみます。近くに誰かがいるでしょう。
「おはよう。あの、今、何時頃かしら？」
幌の真下にいたのはイーヴァでした。

「ばあちゃんっ。起きた？」

「ええ。お腹が空いちゃったの。馬車を降りるから手伝って？」

そうお願いすると、イーヴァが簡易階段をつけてくれました。助かるわ。ちょっと、今の身体では、階段なしで降りるのはつらいもの。

「ばあちゃんっ。無理だめっ」

階段を下りると、イーヴァが心配そうに言ったけれど……

「無理なんてしてないわよ。喉も渇いたし、お腹も空いちゃったの」

「えっと、今から作る？」

「そうしたいのだけれど……」

いつの間にか私の隣に来ていたイリスが、こちらを睨んでいます。

何を言いたいのかはわかるわよ？　でも、お腹が空いたし、身体のためにもあれを作ったほうがいいと思うのよね。

「あ……お砂糖を持ってくるのを忘れたわ。イリス、馬車から黒い砂糖とお塩を持ってきてくれる？」

「料理はまだ無理ですっ。寝ていてください」

「だって、お腹が空いているの……それに、今から作るのは料理ってほどではないわ」

「はぁっ……」

イリスったら、なんて大きなため息をつくのよ。

「砂糖と塩だけでいいですか？　他には？」

「堅パンかビスケットが残っていたら……」

そうリクエストすると、イリスは肩をすくめます。

「座っててくださいね。イーヴァ、見張ってるのよ」

イリスが少し怖いです。見張るだなんて……信用されてないわね。仕方ないけれど。

「うん。ばあちゃん、座る？」

「はいはい。何もしないわよ。あ、イーヴァ、カップを持ってきて。あと、お湯を沸かしてね」

「うん。座ってて」

イーヴァもイリスも過保護ね。ちょっと怪我したくらいで。

あ、そうじゃない。この世界は危険がたくさんあるから、気をつけなきゃいけないのだったわ。すぐ忘れてしまうのは緊張感が足りないせい。年寄りだからってわけではないと思いたいわね。

反省反省……

「お湯沸いた。カップ、はい」

「ありがとう。イリス、遅いわね……あっ、降りてきたわ」

「コーユ様、こちらでいいでしょうか？」

「ええ」

カップに黒糖の小さな欠片《かけら》を二つ入れて匙で潰し、藻塩をひと摘《つ》まみ。沸いたお湯を少しずつ加えながら混ぜて、砂糖と塩を溶かします。

湯気の立つカップを、息を吹いて冷ましてから一口……ふう……甘い……

確か、しばらく食事を摂っていないときは、砂糖と塩で経口補水液《けいこうほすいえき》を作って飲めばいいのよね？

そう老人会で聞いた気がするわ。作り方はちょっとうろ覚えだけれど。

たったカップ一杯のお湯を飲むのに、それなりに時間がかかったのは、今の状態では仕方ないことと思いましょう。

お湯を飲んでいると、皆が気づいてくれたようで集まってきました。

「ばあさん、大丈夫か？」

シェヌが困り顔で頭を掻きました。少し呆れているのかしら。

「大丈夫よ。ごめんなさいね、心配かけて」

「まったく。ごめんって言うなら、次は無茶をしないでくれよな」

「無茶なんてしてないのに……」

ただ野草を採っていただけよ。もちろん、皆に迷惑をかけたことは反省しているけれど。

シェヌは頭《かぶり》を振って大きなため息をつきます。

「ふぅ……じゃあ、余計なことしないでくれよ」

「余計って……そんなつもり……」

「余計だろ？　勝手に馬車から離れて？　怪我をして？　どこが余計じゃないと？」

「……ごめんなさい」

シェヌの言葉はもっともだわ。

私が俯いていると、エルムが追い討ちをかけます。

「素直に守られてくれるかな？」

「はい……」

やっぱり、みんな怒ってるわよね。ごめんなさい。反省します。

「しばらくイーヴァは外な」

「えっ？　イーヴァが何かお咎《とが》めを受けるの？」

シェヌの言葉に驚いて、思わず聞き返してしまいました。

すると、エルムがイーヴァに声をかけて、離れていきます。何か、イーヴァに聞かれるとよくない話なのかしら。

エルムたちが離れたのを確認すると、シェヌは私の質問に答えてくれました。

「咎めるっていうよりも反省だな。あんたが甘やかしてばかりだと、あいつに良くない」

「私、甘やかしていた？」

「そうだな。普段ならいいんだけどな。今はダメ。反省しないと。何が間違っていたのか、今後どうするべきか。考えることができないと、これから困るぞ？」

「これから？」

「あいつが独り立ちできなくなる。今回の件はまずかったが、考えるにはいい機会だと思う。自分で動くことができないとな。いつまでも指示待ちじゃ、生きていけないから」

真面目に語るシェヌは、いつもと違ってなんだか頼もしく見えました。

シェヌも、イーヴァのことを思っていろいろ考えているのね。

「そうね。いつまでも側にはいられないもの」

「今ならいろいろ考えて失敗しても、あんたがいるからな。あんたなら、あいつの逃げ道になれるだろ？」

逃げ道……確かに何かに失敗した時、慰めてくれる人が側にいると追いつめられずに済むわよね。

「ふふっ。優しいのね」

「いや、まあ……イーヴァがあんたにやけに懐《なつ》いちまったからな」

「懐いたなんて……動物じゃあるまいし……」

せっかく見直したのに、イーヴァを動物扱いするなんてあんまりだわ。

「しかし、魔獣は普通懐かんぞ？」

「イーヴァは魔獣じゃありませんっ！」

「そっかぁ？　似たようなもんだけどな」

「もう！」

シェヌったら、デリカシーがないわね！　でもきっと、これ以上言っても無駄だわ……。

「ところで、あと何時間経ったら甘やかしていい？」

「はぁっ？　今言ったばかりだろ？　しばらくはダメだって！　少なくとも今日はダメだ！」

「だって……あれを見てもそう言える？」

私とシェヌが話している間、ずっとこっちを見てるのよ？　心細そうな子犬のような目で。半分、涙目になってない？

「あー……気持ちはわかるが……俺がちゃんと話してくるから……はあ、なんでここまでばあさんに懐いたかなぁ……」

シェヌの言葉の最後のほうは聞き取れなかったけれども、なんとなく察しました。

なんでって、それは私が聞きたいわ。今までだって、兄弟代わりになりそうな、シェヌやイリスと一緒にいたというのにね。

お茶や料理につられて、とか？　いやいやいや……

でも、もしそうなら、もっと美味しいものを作れるようにレシピを思い出すことにしましょう。調味料が足りない気もするけれど、きっと何とかなるわ。

何より、私が食べたいもの。ふふっ。

さて、イーヴァのことはシェヌに任せるとして……

「ねぇサパン。今の状況を聞いてもいいかしら？」

シェヌはイーヴァのところへ行っちゃって、イリスはこっちを見ているだけで側に寄ってこないのよ。エルムは何だか忙しそうにしているから、もうサパンに聞くしかないのよね。

今のところ、皆に心配かけたことと、イリスが怪我を治してくれたってことくらいしかわかってないの。

「んあ？　なんだ？　状況？　あー、そうだな。とりあえず、旅を中断してるな」

サパンは頭を掻きながら、面倒くさそうに答えました。

「あのね、それはわかっているわ。そうじゃなくて、あれからどれくらい経ったの？」

「コーユ様？　が怪我をしたのが、五日目の昼頃。んで、今がそれから二日だな」

「じゃあ、今は旅立って七日目？」

「その、昼過ぎ」

「じゃあ……その間の食事は？」

「いつも通りだな。干し肉と堅パン。それに獲《と》ってきた肉」

そうよね、旅ではそういう携行食を食事にするのがこの世界では普通で、料理なんてしないんですもの。

「それ、あとどれくらいあるの？」

「あと？　まあ、肉はあるな。パンは食べきった」

うわぁ……どうしましょう。私が怪我をしたせいで、次に寄るはずの村への到着が遅れているのね。そして、食糧もほぼなくなってしまって……

しかも、あと数時間もすれば日が落ちるのよね……頭を抱えちゃうわ。

ご飯……作らなきゃ。スープくらいは作れるはず。

出汁パックはまだあったわよね。それに塩を入れればお吸い物にはなるわ。

あ、あの日に採った酸《す》い葉《ば》とかはどうしたのでしょう。少し茹《ゆ》でれば食べられるわよね。お汁の具にならないかしら？

さて、作るものが決まったら早速実行。まだ本調子じゃないけれど、少しくらい頑張らなきゃ。

「まだ、何もしないほうがいいぞ」

「でも、ご飯の用意くらいは……」

「完全に治ったわけじゃないんだぞ？　無理してまた倒れられるほうが迷惑だ」

「あ……ごめんなさい……」

そうよね。サパンの言う通りだわ。

私が肩を落とすと、サパンはため息をついて仕方ないといった風に苦笑しました。

「飯はこっちで何とかする。休んでいてくれ」

そう言って、サパンも立ち去ってしまいました。


結局、その日の夕飯は残っているお肉を焼いたものと、採取した野草を茹でたものでした。どちらも塩味だけだったけれど、仕方ないわよね。

10　体調不良

おはようございます。

んー、身体がばきばきね。眠りも浅かったみたい。

でも、朝ご飯を作らなきゃ。スープだけでもまともなものが食べたいわ。

なんとか馬車から降りて、朝食の支度を始めます。

見張りと火の番をしていたサパンが私を止めようとしたけれど、料理をしたほうが気分がいいのと言ったら引き下がってくれました。

干し肉を鍋に入れて火にかけましょう。きっといい出汁《だし》が出るわ。

ふやけて柔らかくなったお肉は、細かく裂いてっと。

別の鍋にお湯を沸かして、塩を入れて苦菜を湯がきます。これくらいでいいかしらね。

お湯から上げて絞ったら、細かく刻んで……ちょっと味見。うん、苦味はかなり抑えられました。

これはスープの彩《いろど》りになるわ。食感もあるから、食べごたえもあるし？　ふふっ。

そうそう、兎さんに襲われた日に採取した野草は、私が寝込んでいる間にほとんど萎《しお》れてしまったみたい。無限収納《インベントリ》なら時間の経過がないから新鮮なまま保存できるけれど、普通はそうはいかないものね。

比較的元気なものは無限収納《インベントリ》に入れたものの、料理に使えるものがあまり残っていなくて。残念だわ。

さて、スープの味を調《ととの》えましょう。

干し肉の塩分が多少はあるから、残り少ない藻塩もほんのちょっと使うだけで済みそうね。

あとは、皆が起きてから仕上げればいいわ。

使った鍋を洗わなくちゃ。食事用に樽に水を汲み置いてもらっているけれど、これで洗うのももったいないわよねぇ……お茶用にも水はとっておきたいし。

そうそう、お茶も用意しなきゃ……と思って、食材を包んでいる風呂敷のほうを振り返ったら……あ……クラって……眩暈《めまい》が……


「……ぁちゃ……ばあちゃん……」

誰……？　誰が呼んでいるの……？

「だぁれ？　しんちゃん？」

「ばあちゃん、大丈夫？」

少しずつ意識がはっきりしてきて、目を開けるとそこにはイーヴァがいました。

ああ……そうよね、しんちゃんのはずがないもの……

どうやら私は、朝食の準備中に眩暈がして倒れてしまったみたい。気づいたら草原に寝そべっていて、イーヴァが私の手を握ってくれていました。

「大丈夫よ、イーヴァ。早起きしたから、眠くなってしまっただけ」

上半身を起こしながら少しふらつく頭を振り、イーヴァに答えます。

しっかりしなさい幸裕、また心配かけてどうするの。

「ほんとに？　ほんとに大丈夫？」

ああ、やっぱり心配させちゃったわね。

では、根性を入れて笑ってみせましょう。

ほら、にっこり。

「ふふっ。大丈夫よ。心配性ね、イーヴァは」

「よ……よかった……サパンとちょっと交代で出たら……倒れてて……どうしよ……って……」

「大丈夫。ごめんなさいね。ちょっと朝ご飯を作ろうとしただけ、なのよ」

ずきっ……

頭に痛みが走って、思わず顔を歪《ゆが》めそうになったけれど……笑顔よ、笑顔。

「イーヴァが起きたならちょうど良かったわ。小さいほうのお鍋を洗って、お湯を沸かして欲しいの。お願いできるかしら」

「小さい鍋？　汚れてるの？」

「ええ。苦菜を湯がいたから。苦味が鍋に残っていたら、お茶が美味しくなくなっちゃうわ」

「わかった」

ふぅ……イーヴァが鍋を洗おうと私に背を向けた瞬間、張り詰めていたものが切れるのを感じました……ダメ、まだ……

ずきずきとした痛みは、波のように何度も襲い掛かってきます。

んん……ふぅ、大丈夫。なんてことないわ。あとで薬でも飲めば大丈夫。

朝ご飯を食べたら、馬車の中で大人しく寝てましょう。ちょっと無理をしたみたい……

ゆっくり座ってお湯が沸くのを待っていると、皆が起きてきました。

「おはよう、もうじきご飯ができるわよ」

料理の仕上げをしてから、それぞれの器にスープを、カップにお茶を注ぎ入れて渡します。

すまなそうに頭を下げたのは、エルム。

シェヌは苦笑いで、イリスはがっくりとしたように。

サパンにはため息をつかれただけだから、私が倒れたのは見られていないみたいね。

「さあ、いただきましょう」


それから食事を進めることしばらく。うん、今日も美味しくいただきました。お茶を飲んでほっと一息。

「エルム、今日は出発するのよね？」

「ああ……大丈夫かい？　あまり顔色が良くないけど……」

「大丈夫よ。料理をして少し気が晴れたわ」

笑顔を作ってそう答えたのだけれど、エルムは眉を寄せました。

「大丈夫には見えないな……」

「そういうことにして。それより、早めに村に着きたいわ。どれくらいかかるの？」

私は強制的に話題を変えて、気になっていることを聞きました。

エルムは、やれやれといった表情で答えます。

「今まで通りの速さで行けば、明後日には……」

「できるだけ速くと言ったら？　今日中は無理？」

「うーん、無理だね」

「そう……」

食材が残り少ないから、できるだけ早く着きたかったのだけど、仕方ないわね。

あと二日、何とかするしかないわ。

「じゃあ、そろそろ片付けて出発しようか」

そう言って立ち上がったエルムに続いて、私も腰を上げます。

「そうね。あ、今日は馬車の中でなるべく寝ているから」

「ああ、そうしてもらえると助かる」

エルムは安心したように微笑みました。

うん、実はほんの少し、身体中に違和感というか……だるさと痛みがあります。少しだけ、熱っぽいような……

前にイリスに飲ませた果実水の水袋を洗って、黒糖と塩を溶かした湯——即席の経口補水液を入れておきました。いつでも飲めるようにね。

さあ、出発よ。


馬車に乗って、すぐに痛み止めを飲みました。これできっと少しは楽になるはず。

後は、寝ていましょう。

ずきっずきっ……

やはり普通の頭痛ではなさそう……痛みが定期的に訪れます。なんだか覚えのある痛み方だわ。

そうね、微熱が出ていそうな感じといい……これは、もしかして脱水症状かしら。

こちらの世界に来て、すでに八日。

その前も、引っ越しの支度でバタバタしていたわね、確かに。

神様に身体を再構築してもらって元気になったようだけれど、精神的にはやはり疲れがたまっていたのかしら。

しかも、兎さんに襲われた後は二日も寝込んでいて、ろくに水分を摂っていなかったわ。

怪我の出血や寝汗で水分を失ったのに、昨日起きてからもあまり水を飲まなかったもの。即席で作った経口補水液を少し飲んだ程度で。

今朝になって、ようやくスープとお茶でたっぷり水分を摂ったけれど……遅かったわ。

ええ。私のミスですね。脱水症状に気づくのが遅すぎました。

とりあえずできることは、簡易経口補水液をこまめに飲むことくらいです。あとは、馬車で寝ていましょう。

おやすみなさい。


また失敗をしてしまった、と気づいたのは、半日後のこと。

私は脱水症状に対処するために、ひたすら寝ては経口補水液を飲んでを繰り返していたのだけれど、傍目《はため》にはどれほど重症に見えたことか。

何も告げずに行動すると周囲に心配をかけてしまうということを、すっかり忘れていたのです。


【イリスの呟き】

馬車に乗り込むなり、寝込んでしまったコーユ様。

時折、起きて水袋の水を飲むと、すぐまた寝てしまう。

エルムからは、かなり急いでコンナ村まで行くと聞かされたけれど……何があったのだろう。

多分、この状態のコーユ様に関係しているのだと思う。

馬の扱いのうまいサパンとシェヌが馬に乗り、エルムが御者をしている。

そして……いつもなら御者台にいるイーヴァは、馬車の中で固まっていた。コーユ様の側からほとんど動かない。

コーユ様が起きて水を飲む間、身体を支えるために動くくらいで、あとはじっと座っている。

コーユ様の枕元で。

時折、水で冷やした布でコーユ様の額《ひたい》を拭っているけど……

異変に気づいたのは、お昼過ぎ。

えっ……今、何が起きているの……

突然、イーヴァの気配が消えた。すぐ側にいて、姿は見えているのに……

イーヴァ、何をしているの……隠蔽《いんぺい》？

何のために？　そんなことしても、意味がないわよね？

どうしよう、馬車を止めるわけにはいかないし。

すると、イーヴァはナイフを取り出して――

「イーヴァっ！　何してるのっ！」

イーヴァが自分の手首を切って……何？　自分の血と魔力を練っているの？

それって……血の眷属化《けんぞく》？　まさか、力を暴走させている……？

「イーヴァっ！　やめてっ！」

駄目よ、そんなことしちゃ……！

私はイーヴァを止めようと精一杯手を伸ばしたけれど、なぜか届かない。

いや、届いてはいるのに、イーヴァを掴めなかった。

さっきの隠蔽みたいな魔法は、私に邪魔をさせないため……？

イーヴァの血が混ざった魔力は、コーユ様を包み込もうとして――

「こ、コーユ様っ、コーユ様起きて！　イーヴァを止めてっ！」

◆　◆　◆

「お願い……やめて……イーヴァ……」

声が、聞こえた気が、する……

これはイリス……ね……

イーヴァが？　何？

「イーヴァ！　な、何をしてるのっ！」

思わず叫んでしまったわ。

目を開けると、イーヴァが左の手首から血を流していたの。

まさか、手に持っているナイフを使って、自分で掻き切ったの……？

何があったというの！　いえ、それより今は、血を止めなければ！

イーヴァの手首を握り、とりあえず止血してみます。

あとは、どうすれば良かったのでしたっけ……

あ、布！　生なりの生地を買ったはず。あれで巻けば、包帯代わりになると思うわ。

でも、握りしめていても血がポタポタと床に落ちていきます。

どうすれば……どうしたらいいのっ。

イーヴァを見上げると、その瞳は虚《うつ》ろで何も見ていないよう。唇からは、何やら聞き取れない言葉が紡《つむ》がれています。

止めなければ。イーヴァを止めなければ！

こうなったら、思いっきりイーヴァをひっぱたいてみるしかない！

左手でイーヴァの手首を握りしめたまま、右手で力一杯ひっぱたきます。

ぱっしーん!!

「イーヴァ！　何やっているの！　しっかりしなさいっ」

「……ば……ばあ……ばあちゃん？」

叩いた拍子にイーヴァの手からナイフが離れ、馬車の床を滑《すべ》っていきました。

「『ばあちゃん』じゃありませんっ。今、何やっていたの。早く血を止めてっ」

「ばあちゃん……」

左手首を握っていた私の手を振り払って、イーヴァは抱きついてきました……

あーっ、血が！　まだ血は止まってないのよ。

「イーヴァ、あとで抱きついてもいいから、先に血を止めよう、ね？」

しっかりと抱きついたまま、イーヴァはぼろぼろと涙を流しています。

あーもう……そんなに泣いたら、涙と一緒に目が落ちちゃうわよ……

「ほら、血を先に止めよう？」

抱きしめたまま、イーヴァの背を優しくとんとんと叩きます。

慌てているのって、私だけ？

あ、イリスがすごく変な体勢でこちらを見ているわね。口がぱくぱく動いています。何かを伝えようとしているのがわかりました。

イーヴァはまだ泣き続けているけど……大きな声を出せば言うことを聞いてくれるかしら。

「イーヴァっ！　早く血を止めるのっ！」

ようやく私の言葉が耳に届いたらしく、イーヴァは抱きつくのを止めて自分を見ました。

でもって、ビックリしているわね。うん、だから早く止血しましょうか。

「ばあちゃん、何で血だらけなの？」

「イーヴァの手首が切れているからよ……」

「いつ、怪我したんだろう……」

「詳しくはわからないけれど、とにかく早く止血して。イリスを呼んで」

「イリス？」

「イリスに『癒し《ヒール》』をかけてもらえば、傷口が塞がるのでしょう？」

「あ、うん」

キョトンとした感じでイーヴァは周りを見回しています。

私も今気づいたけれど、周りに陽炎《かげろう》みたいなものが見えるわね。

「ばあちゃん、コレ解いて」

「私は何もしてないわよ。イーヴァが何かしてるから、イリスがあそこで口をぱくぱくさせているんでしょう？」

よくわからないけれど、こんなに近くにいてイリスが何もしないままなんて考えられないもの。

「あっ！」

はっとしたような顔をすると、イーヴァが血だらけの手で何やらしています。

すると、私とイーヴァを囲んでいた陽炎が消えて、イリスが駆け寄ってきました。

「イーヴァっ！『力よ、癒しのかたちとなりイーヴァの傷口を塞げ、癒し《ヒール》』」

イリスはすぐさまイーヴァに『癒し《ヒール》』をかけてくれたみたい。

私が寝ている間に一体何があったのかしらね。

とりあえず、水袋の補水液を飲んで二人に話を聞くことにしましょう。

あー……その前に、この辺りを掃除しなきゃね。すごく血腥《なまぐさ》いわ……

「イリス、悪いけどこの辺りに洗浄《クリーン》をかけてもらえる？」

「はい。待ってくださいね。『我が力をもって辺りを洗浄せん、洗浄《クリーン》』」

「ありがとう。ではお話をしましょうか。ね？」

イーヴァは俯いたまま無反応です。

「イーヴァ、あなたは何をしていたのかしら？　私にわかるように説明してちょうだい」

「覚えてない……」

「じゃあ、『あっ』って何かに気づいてから、手を動かしていたでしょ？　あれは何をしたの？」

「ん……障壁、消した」

「しょうへき？　それは何？」

「壁……」

よくわからないわね。

「イリス、今のわかるかしら？　説明できるならお願いしたいわ」

イリスは思案顔ながらも解説をしてくれます。

「そうですね……おそらく、イーヴァの持っている闇属性の魔法の一つではないかと。魔法で壁を作って内外の空間を断絶させるものです。私には障壁の中の音も聞こえませんでしたし、気配すら感じ取れませんでした」

「魔法の壁ね。イーヴァが血で何かやっていたけど、あれは何なの？」

「あれも、闇属性の魔法で……普通は人を操ったりするときに使うものですが……」

……頭が痛くなりそうだわ。イーヴァは何をするつもりだったのかしら？

「操るって、どういうこと？　イーヴァ、何をどうしたかったの？」

「……わからない」

イーヴァは俯いたまま、目に涙を浮かべます。

そうね……落ち着いてから改めて話を聞いたほうがよさそうだわ。

とりあえず、寝ましょう……私もイーヴァも、寝たほうがいいわ……

そういえば、クッションカバーを作ったのだったわね。

ニットのセーターをキャリーバッグから出して、イーヴァのために作ったカップの刺繍が入ったクッションカバーに詰めました。

「イーヴァ、これわかるかしら？」

「うん、いっぷくの」

「そう、イーヴァのクッションよ。少し休みましょうね、一緒に」

「うん」

頷くと、イーヴァは甘えるように私に抱きついてきました。

もともと幼いとは思っていたけれど……今のイーヴァは赤ちゃん返りでもしたかのよう。

ちゃんと記憶はそのままなのに、感情に引きずられてなのか、行動が幼児化しています。

仕方ないわね。少し経てば戻るでしょう。

「イーヴァ、側にいらっしゃい。ほら、枕代わりのクッションですよ」

私はごろりと横になり、クッションをお腹の辺りに据えました。

イーヴァがいそいそと側に寄り添い、クッションに頭を預けます。

私はその頭を撫でながら、たまに背中を擦《さす》ってあげて、やがて眠りにつきました。


目を覚ますと……イーヴァは私の身体に抱きついていました。

どうしてここまで懐いてしまったのかはわからないけれど、可愛いからよしとしましょう。

……駄目なやつだわ、これ。婆馬鹿《ばばばか》とでもいいましょうか。

と、とりあえず？　頭でも撫でていようかしらね。

イーヴァが完全に赤ちゃん返りしていて……本当にどうしましょう。

馬車が止まったら皆と相談して……なんて考えていると、イリスと目が合いました。

それなのに、イリスったら目を逸らしてしまうのよ。

もう、そんな風にしないでよ。私だって状況がわからなくて泣きたいわ。

赤ちゃん返りは、親の関心が生まれたばかりの弟や妹に向いて、自分への愛情が薄くなったと感じた時に起こりやすいのよね。赤ん坊みたいに振る舞えば、自分にも愛情を注いでもらえるに違いない……っていう思いから起こす行動だったはず。私の場合、自分の子供も孫も一人っ子だったから……赤ちゃん返りの子に接した経験がないのよね……

ひとまず、スキンシップをたくさんとって……って、イーヴァは私の子供じゃないのにねぇ。

仕方ないわ。私の子供にしちゃいましょう、今だけでも。この子が落ち着くなら、それでいいわ。

それにしても、また親代わりをするなんてねえ。

はあ、何だか喉が渇いたわ。

「イリス、お水貰える？　水袋の中身がなくなっちゃって。できれば、その中に黒糖とお塩も少し入れてくれると、もっとありがたいわ」

「み、水袋ですか……塩……砂糖……」

「難しいならいいわ、お水だけで。あとでちゃんと教えますね」

「あ、はい。水だけならできます」

そう言うと、イリスは水袋の中に魔法で水を出して、渡してくれました。

お水を一口飲んで、深く息を吐きます。

「イーヴァ、どうしちゃったのかしらね」

「ええ……まるで幼子《おさなご》のようです……」

「はぁ、そうね。多分、私の怪我が原因ね。あと、何も説明せずにずっと寝込んでしまったから。重症だって思い込んでしまったのでしょう」

ただ回復を早めるために休んでいただけなのだけど。そうよね、何も知らなければ、そんなにつらいんだって勘違いするのも無理はないわ。

「コーユ様は大丈夫なのですか？　その、体調は……」

「しっかり休んだから大丈夫よ」

イリスを安心させるために、にっこりと笑って答えます。

「そういえば、イリスの『癒し《ヒール》』はどんなものを治せるの？」

今後、誰かが怪我をしたときのためにも、知っておきたいわよね。

「怪我なら傷口を塞いだり、病気の時は熱を下げたりできます」

「そう……骨折も治せるのかしら？」

「たまに難しい時もありますが……だいたいは治せます」

「では、病気の時は？　例えば肺炎とか」

「病気の時は先ほども言ったように熱を下げたりはします。『はいえん』というのはよくわかりません」

あら、肺炎ってこの世界にはないのかしら。

「んっと、じゃあ病気の種類で何か知っているものはある？」

「風邪や魔力過多症などなら……」

「風邪は知っているのね。もう一つの……魔力過多症ってなぁに？　それは何が原因でなるの？」

「身体に魔力が籠《こも》りすぎてなります。魔力の使用や発散ができない幼い子供がなりやすいです」

「そう、それはあちらにはない症状ね」

地球には、魔力なんてものはないものね。

それからイリスにあれこれ聞いてみたのだけれど、重い病気や治療困難な怪我の時には、お金を払って上級の治療士に頼むのですって。毒も魔法で消せるらしいわ。

そんな話をしながら、イーヴァが目覚めるのを待っているのだけれど……まだそんな気配はないわね。

◆　◆　◆

馬車が止まりました。もう野営の時間かしら。

体調不良だった私の様子を見に来たのか、シェヌが幌の中に顔を覗かせます。

そして、私に抱きついているイーヴァを見て少し驚いたような顔をして、こちらに寄ってきました。

「ばあさん、どうしたそれ？」

まあ、気づくわよね。ちょうどいいわ、相談してしまいましょ。

「馬車でね、ちょっとあって。私が何も言わないで寝込んでしまったからかしら。どうも、イーヴァが何かをしようとして、魔力が暴走したらしいのよ」

イーヴァが何をしようとしていたのかはよくわからないので、説明の続きをお願いする意味でイリスを見ます。

「イーヴァは、しばらくはコーユ様の額に載せた濡れ布巾を換えたりしていたの。でも、気づいたら、障壁を張って、血の盟約を行使しようとしていて……」

「は？」

『血の盟約』という言葉を聞いた途端、シェヌの顔色が変わりました。一体、何なのかしら。

「それにしても、この様子だと未遂に終わったんだろ？　よく止められたな……」

「コーユ様が……」

イリスがそう言うと、シェヌが呆れたように私を見ます。

「気づいたら血だらけのイーヴァがいて、ビックリしたわ」

「ビックリで済ますなよ……」

シェヌは額に手をやって脱力しました。

でも、本当に驚いたんだもの。

「目が虚ろだったから、ひっぱたいて起こしたの。もうね、必死だったから」

「すげえ……」

「え？　あの時のコーユ様、すごく落ち着いてましたけど？」

感心するシェヌの横で、イリスは意外そうに声を上げました。

「で、なんでこの状態なんだ？」

うん、そうね。イーヴァが私にべったり引っついているわね。

「赤ちゃん返りかしらね？」

「赤ちゃん返りって……朝は大丈夫だったよな？」

「ええ……多分、朝食前に倒れたのを見られたからかしら。うまくごまかしたと思ったのだけど……心配してくれたのかもしれないわね。馬車に入ってからは、もう頭痛がひどくて。イーヴァへの気遣いをすっかり忘れていたわ」

「ええ、イーヴァはコーユ様から離れず、ずっと側で布を換えたり、水を飲む手助けをしたり……」

「はぁ……」

私とイリスの言葉を聞いて、シェヌは大きくため息をつきます。

「ごめんなさいね。ちゃんと私が自分の行動の理由を言っていれば、違ったのかもしれないわ」

それから私はイリスたちに、おそらく自分が脱水症状だったこと、経口補水液を飲んで身体を休める必要があったことを説明しました。

二人は経口補水液を知らなかったけれど、簡易的な作り方やどういう時に使うかを説明したら、感心したように頷きました。

「なるほど……コーユ様のことだから、きっと何か理由があると思っていましたが、そうだったのですね。でも、発熱したまま寝ているコーユ様を見ていると罪悪感というか……すごく不安でした」

ごめんなさいね、イリス。やっぱり、ちゃんと事前に説明すればよかったわ。

すると、シェヌが私にくっついているイーヴァに声をかけます。

「イーヴァ、聞こえているんだろう？」

「し……死んじゃう……かと……起きない……声も……ないし」

はぁ、イーヴァ……そんな風に思ってしまったのね。

右手でイーヴァを抱き寄せます。そのまま頭をイーヴァの肩に載せ、身体を預けてみました。

大丈夫、私はここにいるわよ。

イーヴァの体温を感じるわ。身体が震えているようね。泣かないのよ。

馬車の中には、イーヴァのすすり泣く声だけが響いていました。

◆◆◆

辺りには、風と焚き火の弾ける音だけがしています。

夕食を終えて、みんなで焚き火を囲んでいるのだけれど……気まずいわ、どうしましょう。

イーヴァの一件があってから、みんな急に口数が減りました。

そうだわ、お茶を淹れましょう。菊の花がまだ少しだけあったはず。

「シェヌ、お湯を沸かしてくれる？　お茶を淹れるわ」

「ん、あぁ……」

右隣を見ると、イーヴァは泣き疲れて眠っています。可愛いこと。

え？　あら、いつの間に……

「ねえ、なぜ色が変わっているの？」

「んー、何が？」

シェヌが小鍋の用意をしながら聞き返してきます。

「イーヴァの髪の色……灰色だったわよね？」

「はっ？　あっ！」

シェヌは小鍋を落としてしまいました。

そして……皆、固まっています。黙ったまま、動かないのです。どうしてかしら？

イーヴァの髪の色は、確か灰色だったはずなのよ。

なのに、今は黒銀……煌《きら》めく黒髪。

「綺麗な色よねぇ。同じ黒でも、うちの孫は漆黒だったわ」

イーヴァの髪を撫でながら、今はもう会えない孫に思いを馳《は》せます。

「ばあさん、怖くないのか？」

シェヌにそんなことを聞かれて、私は首を傾げました。

「え？　なぜイーヴァを怖がるの？」

「髪の色が変わって……」

「あら、イーヴァはイーヴァでしょ？　面白い魔法ね、髪の色が変えられるなら、髪染めしなくってもいいのよね。白髪《しらが》も隠せるのかしら」

「白髪って……そういう問題じゃないんだが」

あら、呆れられてしまったわ。

「どういう問題なのよ」

「あー……銀色混じりの髪は……」

シェヌったら、何か言いにくそうね。でも、銀色混じりの髪って……

「何か問題でもあるの？　イリスだって、蒼銀じゃない」

「「「えっ？」」」

あら、みんな呆気にとられた顔をしているわ。また固まっているけど、本当にどうしたのかしら。

「何でイーヴァだけ問題になるの？」

「「「はっ？」」」

すると、イリスが慌てて私に詰め寄ってきました。

「こ、コーユ様っ！　いつから私の髪が蒼銀だと……」

「あら。アンナさんに紹介していただいて、会った時からイリスは蒼銀だったわよ？」

「会った時……最初から……」

「ええ。何か問題でも？」

「……気味が悪いとは思わなかったのですか……？」

イリスは私から視線を外し、おずおずと尋ねました。

「えっ？　ごめんなさい、なぜそんなことを聞かれるのかわからないわ」

また、私の常識との間に齟齬《そご》があるようね。

しばらく、無音の時が流れました。

ええ、わかっているわ。みんな、どう言えばいいか悩んでいるんですのね。

そうね、私から切り出しますか……

「イリス、ごめんなさいね。言いにくいでしょうけれども、教えてもらえる？　銀色混じりの髪は何かあるの？　気味が悪いって言われても、私には綺麗な色としか思えないわ」

「綺麗……ですか？」

イリスはきょとんとして聞き返します。

「ええ、とても綺麗よ」

そう答えると、イリスは俯いて何やら考え込んでしまいました。

唇を引き結んで拳を強く握って……どうしたのかしら。

やがてイリスは、視線を逸らしたままだけれど、ぽつりぽつりと語ってくれました。

「銀は……穢《けが》れを祓《はら》うと言われています。しかし純粋な銀色ではなく、混ざりものの銀は、祓いきれなかった穢れを内包しているとされて……それで……髪色に穢れが顕れたと……」

「穢れ？　そんなものあるわけないじゃないっ！　イーヴァもイリスも、ちっとも汚くなんてないわっ」

でも、イリスの表情は曇ったままです。

「いえ……見た目ではなく、魂が……」

「そんなの……ちゃんと向き合えばわかることじゃない。魂が濁ったような人なら、もっと他にいたわよ、この国に。見事な金髪で見た目は煌《きら》めいていたけれど、腐りきっていたわ」

そう、あの王様のことよ。他人なんて駒としか思っていないことがひしひしと伝わってきたもの。それに比べて、イリスはビックリするほど真面目だし、イーヴァはとても純真よ。穢れなんて、これっぽっちもないわ。

「皆がコーユ様みたいに考えてはくれません」

「まあな。銀色混じりの髪色は、生まれた時から忌避《きひ》されているからな」

シェヌは苦々しい表情でイリスの言葉に応えます。

「なんで、疎《うと》まれるの？　どうやって穢れているとわかるの？」

「……多くは……母親が出産時に亡くなるからです。私の母は大丈夫でしたが……」

「こちらでは出産時に、銀色混じりの髪の子以外では亡くならないの？　出産って、だいたい命懸けじゃないの？」

「そうですね……出産の危険は、銀色混じりの髪色に限ったことではないのですが……親が育てることを……拒否したり……」

なんだかよくわからない話ね。完全な言いがかりじゃないの。

「多分、目立つからなのね……」

「目立つ？」

「最初から偏見の目で見ているから、注目されやすいんじゃない？」

「あ……でも……」

イリスはどう答えればいいかわからないのか、視線を彷徨《さまよ》わせます。

「イリスは学校に行ったくらいだから、ちゃんと育ててもらったのよね？」

「はい……母も父も兄たちも、可愛がってくれました……」

当然よね、家族ですもの。

「イーヴァのご両親は？」

イリスは答えにくそうにしつつも、教えてくれます。

「私がイーヴァを見つけた時には……誰も側にはおらず……」

「ふぅん。イーヴァがそんな目に遭ったのは、髪に銀色が混じっているからってだけなの？」

この質問にも、イリスは顔を歪めます。

「いえ……おそらく、イーヴァの場合は魔力の暴走が激しいので……」

うーん、魔力は多いほうがいいけれど、確かに暴走は困るわよね。

「そうなのね。そういえば、イリスの光属性が珍しいって聞いたけど？」

「ええ。光属性には癒しの魔法がありますから、そのおかげで銀色混じりの髪色でも村で暮らせたのです」

「じゃあ、イーヴァは？」

「イーヴァは、闇属性です……こちらも珍しい属性ですが、どちらかというと好まれません……」

「なぜなの？」

「闇属性は……血を操るんです。先ほどイーヴァがやっていたように……盟約で眷属化したり、奴隷化したり……」

つまり、血で相手を縛って言うことをきかせるってことね。確かにちょっと怖がられるかもしれないけれど、イーヴァはいい子よ？

「それって……闇属性なら誰でもできるのかしら？」

「いえ……難しいとは思います……」

「ふうん……ってことは、イーヴァってすごいの？」

「はい」

ふんふん、なるほど。わかったことをまとめると、誤解が多いってことよね？

別に怖がる必要はなくて。

あ、そういえば……

「もう一つ聞きたいんだけれども、なんで、イーヴァの髪の色が変わったのかしら？　イリスの髪の色も知っていたと言ったら、ビックリしてたわよね？」

すると、イリスの代わりにシェヌが答えてくれました。

「ばあさん、イーヴァは『隠蔽』と『阻害』の魔法で姿を変えていたんだ。イリスのは姿替えの魔道具の腕輪で変えていたんだが、あんたには効いていなかったようだな」

「あら、その道具、不良品なのかしら？」

「いや、俺らにはちゃんとイリスは青い髪に見えるぞ？」

「青いんだ……不思議ねえ……」

それと、イリスとイーヴァの強い力は『先祖返り』の影響なんですって。昔は魔力量の多い人、光や闇の属性を持つ人が今よりたくさんいたみたい。

話しているうちに、だいぶ夜が更けてきました。

わかったこともわからないこともいろいろありますが、とりあえず、寝ましょうか。

イーヴァは眠ったままなので、サパンに馬車へ運んでもらいます。ええ、私の側で寝かせることにしたわ。また何かあると困るもの。

これからイーヴァの子育てですね。仕方ありません、これもご縁《えん》ですもの。

明日はコンナ村に着く予定です。やっと、まともなものが食べられますわ。とても楽しみです。

何か調味料があるといいのだけれども。塩も砂糖もほとんど残っていません。

はあ。明日の朝はバタバタと支度をすることになりそう……

では、おやすみなさい。

◆　◆　◆

おはようございます。ええ、いつも通り、日の出前に目が覚めましたとも。

イーヴァは私のお腹あたりに置いたクッションを枕代わりにして、すやすやと寝ています。寝息は規則的なものです。うん、体調は悪くなさそうね。

そしていつも通り、馬車から降りて朝食の支度をします。今日の火の番はエルムでした。

朝食を作り終わった頃に他の皆さんが起きてきました。

さあ、ご飯にしましょうか。

「いただきます」

手を合わせてから、はむはむ。もう食材がないので、今朝はスープと野草のお浸しだけです。

できれば、ご飯かパンが食べたいわ。

朝は、お味噌汁にご飯、お漬物、納豆があれば一番いいのだけれども。あ、玉子焼きもつけたいところね。

村に着いたら、食材をたくさん買いましょう。そうしましょう。

食事を終えて、お片付けが済んだら、出発の用意です。

イーヴァはすっかり元気になったみたいで、よかったわ。朝食の時には、赤ちゃん返りも鳴りを潜めていたし。笑っているので、もう大丈夫ね。

今日はエルムと一緒に御者台に乗るんですって。

子育てし損なったわ。ちょっと残念……ではないわよ?

さあ、コンナ村に向けて出発ね！


出発して間もないのですが、暇です。がたごと揺れる馬車にも慣れてきました。

脱水症状で失っていた体力もかなり戻ってきましたし。

イリスさえよければ、少し魔法の練習をしてみたいわ。

見て覚えてって言われたものの、練習をしたほうが早く使えるようになると思うの。

「ねえ、イリス？　魔法の練習ってできるかしら？」

声をかけると、イリスは少し引きつった笑顔で答えました。

「え……？　あ……されたい、です、か？」

「もちろんよ。イリスに迷惑でなければ」

「……はい」

何かしらね、今の間は……

「では、魔力を感じる練習をしましょうか」

「この間みたいに、『癒し《ヒール》』を身体に巡らせればいいかしら？」

「そ、そうですね。やってみてください」

「じゃあ、見ていてね。何かあったら止めてよ？　えっと……『癒し《ヒール》』」

んんん……良くわかりませんね……どう感じるのだったかしら……

まず、目を瞑って集中しましょう。

えっと、温かいもの……身体の中の温かいもの……ん……あ、これかしら？

お腹の辺りにあるこれ？　を巡らせる……お腹から心臓に……さらに右手の指先へ……指先から心臓に戻して……今度は左……足先へ……

温かいわぁ……ふわふわして気持ちいい。

ふぅ……目を開けて……

あら、イリスはどうしたのかしら……目を瞑って俯いて何か考え事をしているみたいだけど、眉間に皺が寄っているわよ……どこか痛いの？

ちょうどいいわ、この温かいのを分けてあげましょう。

イリスの手を取り、声をかけました。

「イリス、どこか痛いの？　大丈夫？」

そっと、温かいのを送りこんでみます。

「きゃあ‼　何てことをするんです？」

イリスは驚いたのか、咄嗟に手を引っ込めました。

「えっ？　駄目だったかしら？　イリスがつらそうな顔をしていたから……」

「そんな、大量の魔力を送り込まれても困りますって！」

「えっと……『癒し《ヒール》』をかけたからお裾分け？」

「はぁ？　純粋な魔力そのものでしたけど？」

「あら、『癒し《ヒール》』じゃなかったのかしら……」

おかしいわねぇ。魔法が失敗していたの？　でも、温かかったわよ？

「今の私は結構魔力が減っていたからよかったものの。次からは止《や》めてくださいっ！」

イリスが怒っています。私をじっと見て、強い口調で言われてしまいました。

「ごめんなさい」

しょんぼりです……

「何かするときは、事前に了承を得てからです。いいですね？」

「はい」

次からは、必ず相手の了承を得てから。はい、そうですね。無断でやってはいけませんね。はぁ、ちょっと調子に乗りました。

「ねぇ、イリス。もしイリスの魔力が減ってなかったらどうなっていたのかしら」

「魔力過多症を発症していたかもしれません」

「ごめんなさいっ」

そういえば、そんなのがあるって聞いた気がするわ。身体の中の魔力が多くなりすぎて、体調不良になってしまうのよね。

「コーユ様のは、『癒し《ヒール》』じゃなくって魔力そのものでしたから……」

「『癒し《ヒール》』じゃない……」

では、あの温かいのは何だったのでしょう……


【イリスのもやもや】

魔法の練習をしたいと仰ったコーユ様……

目を瞑ったのはいいのだけど……いきなり全力で魔力を身に纏って発光されている……

眩しい……

口では『癒し《ヒール》』と仰っていたけれど、一切魔力が変換されてないみたい。

どのように教えて差し上げればいいのか悩むわね。頭が痛い。

と、考えていたら、突然コーユ様が私の手を掴んだ。

はっ？　な、何をっ‼　た、大量の魔力が……

んっ、くぅ……はぁ……

な、何とか自分の魔力に馴染ませることができたけど……

いきなり、何をなさるんですっ！

怒ったわよ、もちろん。しょげて謝ってくださっているけど、私が眉間に皺を寄せていたのはコーユ様のせいですよ。どんな行動をするか、まったく見当がつかないので……

はぁ……わかってらっしゃらないのでしょうね。

今朝方、眠っているイーヴァとコーユ様に『癒し《ヒール》』をかけていて、魔力をかなり消費していたから良かったものの……本当に勘弁して欲しい。

それにしても、コーユ様……魔力譲渡なんてことができるのね。

おかげで、魔力量が満タン……

はぁ……でも、なんて優しい魔力なんでしょう。不思議ととても温かく感じるわ。

11　コンナ村

はぁ……魔法って難しいですわね。前に教えてもらった通りにしたつもりだったのだけど。

どうしたら、魔力《あれ》が『癒し《ヒール》』というものに変わるのかしら。

私がいろいろ悩んでいるうちに、馬車が止まりました。

ええ、村に着いたようです。まだ日が高いのですが、もう到着したのね。

「コーユ様、コンナ村に着いたよ。宿も小さいながらあるから、今夜はそちらに泊まる」

「わかったわ、エルム。降りる準備をしておきますね」

エルムは、この村に詳しいみたい。前に来たことがあるのかしら。

さて、馬車の中に置いていたクッションからセーターを出して。

あとは風呂敷とかスカーフとか、途中までできたクッションカバー、布、お裁縫道具などなど。

結構散らかしていました。だって、することがあまりないのですもの。

クッションカバーの刺繍は、皆の分ができましたよ。

とりあえず片付けて全部キャリーバッグに入れたあと、無限収納《インベントリ》に放り込みました。

これで荷物は肩から掛けるバッグのみです。

「宿の前に着いたよ」

「はぁい。すぐ降りるわ」

あ、エルムったら、ちゃんと階段を付けてから呼んでくれたのね。ありがたいわ。

イーヴァが階段の側で待っています。なぜかしら。ちぎれるくらいに振っている尻尾が見える気がするわ。

「イーヴァ、手を貸してくれる？」

すると、ものすごく速く手が差し出されました。イーヴァが嬉しそうなので良しとしましょう。

エルムが宿まで先導してくれます。

もう地面に降りたにもかかわらず、イーヴァは手を繋いだまま。まあ、孫だと思えばおかしくないわよね。

「ようこそ、いらっしゃいませ」

「お世話になりますわ」

宿の人に笑顔で迎えられて、私もお辞儀して挨拶します。

カウンターで手続きをしていたイリスが、私を振り返りました。

「コーユ様。二泊します。よろしいですね？」

「あら？　二泊？」

「コーユ様の体調も考えてのことです」

「わかったわ。イーヴァも怪我のあとだものね」

「このあとは……部屋で休まれますか？」

「そうね、ひと休みしたら散歩をしたいわ。ずっと馬車に揺られていたんですもの」

私たちが泊まる部屋は二階ですって。なので、イリスと一緒に階段を上って部屋の前まで移動します。

私とイリスの部屋を中心に、右側がエルムとサパン、左側にシェヌとイーヴァの部屋がとられているようです。

「イーヴァ、あとで一緒に散歩しましょうね」

「ん。一緒に散歩する」

「じゃあね」

「ん」

さて、部屋に入りましょう。

……あのねイーヴァ、ずっと見てなくていいのよ？　あなたも部屋に入りなさいね。

部屋に入ってみると、ほぼ何もありません。ベッドが二つと間に小さな机。壁際に長めの机みたいなものと小さな箪笥《たんす》があります。ああ、バッグとかを入れるところね。

ベッドに腰かけて、しばらくぼーっとします。

窓から景色でも見ようかしら。とりあえず、イリスに了承をもらってから動きましょう。

「イリス、外の景色が見たいわ。窓を開けてもいいかしら」

「いいですよ。開けましょうか」

そう言ってイリスが窓を開けると、ふわーっと風が入ってきました。とても気持ちいいですわ。

窓からは村の風景が望めます。木造の家々ばかりで、ここから見る限り高い建物はないみたい。二階建ての建物も、この宿を含めて三軒ほどです。

ずっと遠くに見えるのは林でしょうか？　道中はほぼ灌木《かんぼく》と草原だったものね。久しぶりに林を見た気がします。

あとは、散歩に出てからのお楽しみね。ここには何があるのかしら。


さて、散歩に行きましょう。お出かけの準備をしてイリスに声をかけ、隣の部屋にいるイーヴァを呼びに行きます。

コンコンコン……とノックして、扉を開けました。

「イーヴァ、お散歩に行きましょう」

「うん」

イーヴァはベッドからぴょんっと飛び降りると、まっすぐに私のところへ駆け寄ってきます。

「待て。まだ話は終わってないっ」

「あら、シェヌ。お小言は帰ってから聞くわ。だからイーヴァを連れていってもいい？」

何の話をしていたのかはわからないけれど、帰ってきてからでもいいわよね？

すると、シェヌは仕方ないというように大きく息を吐きました。

「……あー、ばあさん。だったら俺も行く」

「えっ？　お散歩よ？　イリスも一緒だもの、別にシェヌはいいわよ」

「うん、シェヌいらない」

あら、イーヴァが可愛いわっ。

いつもからかわれてばかりだから、お返しをしてみたのだけれど。

「こほん。でも、シェヌがどうしてもと言うなら、可哀想だからついてきてもいいわよ？」

そう言うと、シェヌは苦々しい顔をしました。

「ばあさん、ひどいな……」

「シェヌ、うるさい」

「こら、イーヴァ。シェヌだって、イーヴァが心配だからついてくるって言っているのよ。ほらほら、散歩に行きましょう」

私はイーヴァの手を引いて階段を下りました。その後を、イリスとシェヌが続きます。

そういえば、この村に観光名所みたいなものはあるのかしら。受付をしている方に聞いてみましょう。

「お散歩に行こうと思うの。この村にはどこか見るところはありますか？」

受付の男性は苦笑しながら答えます。

「村の見るところ？　いんや、なんもないです」

「お店とか、教会とか……畑とか？」

「そんなら、道に出て右をずーっと行くと礼拝所があるけんど……あとは、雑貨屋が左をずーっと行ったとこで。あと畑は……えっ？　畑とか見るんですか？」

「ええ。実《みの》っているところを見るのが好きなんです」

そう言うと、男性は怪訝そうな顔をしましたが、きちんと答えてくれます。

「畑は村の東側にあるけん、見るのはかまわんけど……勝手に野菜を採らないで欲しい……」

あら、別に私は野菜泥棒をしようなんて思ってないわよ？

「当たり前じゃないですか。勝手に採るのは泥棒ですよね？」

「はぁ、たまにお貴族様は採られるんで……」

そうなの？　ひどいことをする貴族もいるのね。

「それは大丈夫。私、貴族じゃないもの」

「えっ？　でも……」

「隠居ばあさんの極楽旅かしら」

「はぁ……」

茶目っ気を込めて言ってみたのだけれど、宿の人は何ともいえない表情で首を捻りました。冗談って難しいですわね。

「では、お散歩に行ってきます」

「いってらっしゃい」

まずは礼拝所に。神様と連絡がとれるといいのだけれど。

イーヴァは私の右に、シェヌとイリスは後ろについてきています。

イーヴァと手は繋いでないわよ？　顔をずっと見られていますけど。歩きにくくないのかしら。

礼拝所で何か聞けるといいわね……今日はメモ用紙がポケットに入っているもの。これで教えてもらったことは控えておけるわ。

宿を出てすぐの大通りは馬車がすれ違えるくらいの幅があるのですが、舗装《ほそう》されていないので埃《ほこり》っぽいです。

平屋の家が並ぶ向こうに見えるのが礼拝所かしら。石壁です。やはり、信仰するものは大切にされているのでしょうね。

イーヴァとお喋りをしながらどんどん進み、礼拝所の前にたどり着きました。

「こんにちは。こちらで祈ることはできますか？」

扉が開いていて、中に老齢の男性がいらしたので声をかけてみました。神父さんでしょうか。

「ええ。あちらのルミナス神像の前でどうぞ」

私は男性にお礼を言って、皆を振り返ります。

「ちょっと待っていてね。お祈りをしてくるわ」

すると、イーヴァがこてんと首を傾げました。

「ばあちゃん、お祈り？」

「ええ、旅の安全と幸運を祈るの」

「ふうん」

イーヴァは祈らないのかしら。不思議そうにこちらを見ています。あとで聞いてみましょう。

信仰されている神様は、ルミナス神っていうのね。

神像のある場所は二段ほど高くなっていて、少し広いスペースがあります。祭壇かしらね。

では、早速神像の前に行って……手を合わせて祈りましょう。

あ、周りの音がなくなったわ。


ふと目を開けると、真っ白な空間にいました。ここは、こちらの世界に来る前にも一度来たことがあるわね。不思議だわ。さっきまで礼拝所にいたのに。

目の前には、あの男性――神様がいらっしゃいます。

「ごきげんよう。神様？　ルミナス神様とお呼びしたほうがいいのかしら？」

『こんにちは。久しぶりですね。呼び方はどちらでも構いませんよ。この世界に慣れましたか？』

「あら、まだ八日しか経っていませんわ。でも、そうね、少しずつかしら」

『何か不都合はありますか？』

「えっと、魔法がよくわからないんです。同行していただいている方にご迷惑ばかりかけてしまって」

『魔法ですか？　いろいろ使えるでしょう？　そのように属性もスキルも付与したのですから』

【名　前】コーユ（榎幸裕）
【年　齢】70（75）
【職　業】巻き込まれたおばあちゃん

【Ｈ　Ｐ】６０
【Ｍ　Ｐ】１０００
【属　性】聖闇　空間　生活
【スキル】緑の手
【加　護】全能神《ルミナス》の加護

『ほら、なんでもできるはずです』

……なんでもって言われましても……

「神様、申し訳ないのですが、魔法の使い方がわからないのですわ。特に聖闇というのは、教えてくださる方がいないのです。どうやら特殊らしくって」

『あっ』

「それに、空間っていうのも珍しいみたい。特殊だらけで、どなたにも聞くことができない状態ですわ。あ、『癒し《ヒール》』というのも習ったのですが、なぜか魔力を渡すだけになって魔法を使えなかったのです。なぜでしょうか」

『ちょ、ちょっと待って！』

あら、神様が慌ててらっしゃるわ。私も人を待たせているので、あまり時間を使えないのですが……どうしましょう。

『記憶を見せてもらうよっ』

あら、額をこっつんこ。懐かしい仕草ですわね。息子やしんちゃんが幼い頃によくやったわ。

『えっ？　あっ？　あぁ……』

あら？　神様は気まずそうな顔をして肩を落として……とうとう蹲《うずくま》ってしまわれたわ。どうしましょう。

「神様、どうかされましたか？」

蹲ったまま微動だにしない神様が目の前にいます。

皆を待たせているので困りますわ。でも、この方をこのままにしておくこともできないし。

突《つつ》いたら不敬かしらね？

「あの……大丈夫ですか？」

とりあえず、声をかけてみました。ええ、返事はありません。

肩をぽんぽん叩いてみたら……何やらぶつぶつ言っています。

『すみません、すみません、すみません……ちょっとした手違いで……』

手違い？　神様が手違いですって？

えっと……怒ってもいいかしら？

巻き込まれてこの世界に連れて来られたうえに、また手違いですってっ!!

……いえいえ、落ち着かなくちゃ……相手は神様ですもの。

深呼吸しましょう。ふぅぅぅ……すぅぅぅ……

ごくんっと唾を呑み込んで、落ち着いた声で尋ねます。

「一体、何を間違えたのでしょう？　詳しく教えていただけます？」

するとと神様は、どこからともなくテーブルを出し、ポットとカップを二客用意してお茶を淹れ始めました。

音もなく淹れられたお茶からは、懐かしい香りが漂ってきます。

これは私の大好きなほうじ茶ね。香ばしい匂いで心が落ち着くわ。

『取り乱してすみませんでした。私は時がどれだけ過ぎてしまっているかわかっていなかった。かつては聖闇や、空間の上位属性である時空を操っていた人々がいたのですが、今はそれを受け継いでいる種族がいないようです。かなり血が薄れてしまったのですね』

「前は普通に使われていたのですか？」

『いえ、聖人や巫女《みこ》に選ばれるような血筋の種族と、贈り人が持っていました』

「贈り人？」

『あなたと同じく、神の力によって異なる世界から召喚された人々のことです。最近は勇者と呼ばれるようですね』

「では、私と一緒に来られた人の中にも聖闇や時空を使える方がいたのかしら？」

『いいえ。あんな不完全な環《サークル》では、そこまで力のある人は喚《よ》べません』

「あれは不完全だったのですか？」

『ええ。あれには神の力がほとんど使われておらず、本来の意味での贈り人を召喚できませんから。ただ、特殊な術式を使えば異世界から人を呼ぶことはできます。あれは、そうやって作られた環《サークル》のようですね。贈り人でなくとも、異世界人はこの世界で強い力を持っている場合もありますから。ちなみに、あなたの場合はこの世界に来るまでに私の力が関与しているので、贈り人ということになります。もしかすると、私の知らないうちに何度もあの不完全な環《サークル》が使われていたのかもしれません。これからはトアルという国の魔法陣はすべて封印します。祈りもなく、いろいろしでかしていたようですし』

ふうん。つまり、あの王様はこれまでも神様に無断で人を連れてきちゃっていたのね。本当に、自分勝手な人たちだわ。

でも、神様が封印してくれるなら、もう被害に遭う人はいないわね。よかった。

とはいえ、私が魔法を使えないことは解決してないわよね……

「聖闇と空間を使える種族って、本当に誰もいなくなってしまったのですか？」

『聖も闇も、時も間《はざま》もいないようですね。あっ、あなたの側には闇を持つ人も、聖の下位属性である光を持つ人もいるのでしたね』

イーヴァとイリスのことね。

「ええ、彼らは先祖返りだと言っていました。でも魔力の制御が大変だと聞きましたわ」

『そうですね。威力も大きいので、細やかな制御をしないと大変なことになるやもしれません。魔法の基本はですね、可能な限り具体的にイメージする想像力と、それを実現する創造力ですよ』

「そうぞうりょく、ですか」

『練習してみます？』

「少しだけでもお願いできますか？」

ここで教わらなければ困るのは私です。きちんと学んでおきましょう。

『では、両手を合わせてみてください』

言われた通りに手を合わせます。うん、ここまでは大丈夫。

『手と手の間に光を興《おこ》しましょう』

「どうやって？」

『思い浮かべて、造り上げるのです。まずは、小さな明かりを思い浮かべて』

小さな明かり……蝋燭《ろうそく》の……ゆらゆらして震える明かり……

『自分の思いを力に、辺りに充満している小さな力を明かりに変換するのです』

小さく揺れる……手と手の間にある明かり……

両手の間で揺れる蝋燭の明かりを思い浮かべて、魔力を手のひらに集めてみると、何かがするっと出ていく感じがしました。

そして、ほわぁっと小さな明かりが灯《とも》ります。

ちっちゃい明かりね……可愛らしいこと……

「神様。できましたわ」

『ね？　充分魔力があるのだから、すぐにできたでしょう？　消すときも想像力ですよ。小さな明かりはどうしたら消えるでしょう？』

その明かりを見ながら、蝋燭に蓋《ふた》をするように考えてみます。すると、明かりが消えました。

『普通の人は決まった詠唱が必要ですが、コーユさんなら何でもできますよ。だから、いろいろ創造して、のんびり暮らしてくださいね』

想像……振り返ってみれば、イリスの肩凝りを治した時は「痛いの痛いの飛んでいけ」って思っていたっけ。あれが私にとっての『癒し《ヒール》』なのかしら？

盗賊に襲われた時も突き飛ばして「触らないで」って言ったし、たくさん来たときは「来ないで」って言ったわ……

「じゃあ、思いを込めれば魔法は使えるのかしら？」

『ええ。あなたの場合は、ね』

「私だけ？」

『魔力がとってもたくさんあるからですよ』

「そうなの。もし魔力が尽きたら？」

『完全に尽きたら、命の保証はないですよ』

「わかったわ。気をつけます」

『他に何かありますか？』

「あ、そうそう。聖闇や空間の魔法を学びたいですわ。誰にも教えていただけないようですし」

『ああ、そうですね。では、基本だけでもお教えしましょうか』

嬉しいわ。あ、あと生活する上でわかっていたほうがいい魔法とか……

一通り、魔法の基礎を教わりました。満足です。

『ところで、かなり時間を使ってしまいましたが……』

あっ！　みんなを待たせているのでしたね。すっかり忘れていたわ……

『今回だけ、あなたの時間を使って巻き戻しますね』

「……？　ありがとうございます。ちょっと待たせすぎたかもしれないわ。よろしくお願いします」

私の時間を使うというのはよくわからないけれど、巻き戻してくださるなら助かるもの。

『また、お祈りに来てくださいね』

「はい、また寄らせていただきます。それではごめんくださいませ」

ふっ……あ、音が戻ってきたわ。ちゃんと礼拝所の中にいるわね。

みんな、お待たせお待たせ。


【イリスの呟き】

コーユ様は以前と同じように熱心に祈っていらっしゃった。

それはいいのだけど、祈り終わったら……少し背筋が伸びて、若返ったみたいに見えた。血色も良くなり、皺《しわ》も少なく……

いいえ、気のせいよね。ほんの数分で変わるはずがないわ。

「なぁに、イリス？」

思わずじっとコーユ様を見ていたら、不思議がられてしまった。

うーん、声にも張りが出ているような……

「いえ、ずいぶん熱心に祈ってらっしゃったので」

コーユ様は信心深いのか、本当に熱心だった。祈ると元気になるのかしら？

「次はお店に行きたいわ」

そう言って、すたすたと歩き始めたコーユ様は、実にお元気そうで何より。

でも、雑貨屋があるのは逆方向のはずですよ。

「コーユ様、雑貨屋はあちらの方向では？」

「そうでした。では村をぐるっと回って行きましょう。途中で畑を見たいわ」

「えっと、畑は東側でしたっけ？」

「そう聞いた気がするわね」

「ばあさん、あっちだぜ？　方向が逆」

コーユ様は話しながら進んでいったけれど……

シェヌに方角違いを指摘されると、慌てて戻ってきた。まさか、方向音痴《おんち》ですか？

コーユ様には、いつもハラハラさせられるわね。

◆
◆
◆

何だか身体が軽いわ。少しはこちらの世界に慣れたのかしら。そうだといいわね。

空は青いし？　あ、この世界の空って、じっくり見たことがなかった気がするわ。

地球と同じで青いのね。そうね、木の葉っぱは緑色だし、土は茶色だし。

本当にやっと、やっと慣れたって気がする……

そうそう、魔法もちゃんと使えるようになったの！

まだイリスたちには見せてないけれど。宿に帰ったら見てもらいましょう。ふふふっ。

「ばあちゃん？」

笑っていたら、イーヴァが不思議そうにこちらを見ていました。

「なぁに？」

「なんか嬉しい？」

「そうね。ちょっと良いことがあったのよ。お散歩が終わったら教えてあげるわ」

嬉しくて、早歩きになってしまいます。スキップだってできそうね。しないけど。

村をぐるっと回って歩いていきます。暖かくてのどかで、気持ちがいいわ。

「わぁ……」

通りを抜けて目の前が開けたと思ったら、一面の緑です。ところどころに見える黄色や赤色は、何かの実かしら。

蔓を延ばすための支柱が斜めに立てられていて、とても収穫しやすそうです。その支柱には別の支柱が括り付けてあり、倒れないようになっています。

これはインゲン？　あ、こっちはパプリカかしら。とても綺麗な黄色です。大きくて、食べごたえがありそう。

あら、これは？　初めて見るわね。

「ねぇ、これは何かしら？」

まあるい真っ黒なもの。大きさはピンポン玉くらいかしらね。

「見たことねえな」

「市場でも見たことがありません」

「知らない」

シェヌもイリスもイーヴァも首を傾げています。

んー……どこかに村の人はいないかしら。

きょろきょろ見渡していると、作業をしている男性がいらっしゃいました。

「すみませーん」

手を大きく振って、ちょっと大きな声で呼んでみました。

すると、男性も大きな声で返事をしてくれます。

「なんだー？」

「この黒い実はなんですかぁ？」

「セウの実だぁ。見たことないんかぁ？」

「初めて見ましたぁ。どうやって食べるのでしょうかぁ」

「これはなぁ、すり潰してソースにするんだぁ」

「これは、村で食べられるのですかぁ？」

「食べられるよぉ」

「わかりましたぁ。ありがとうございましたぁ」

大きな声でやりとりしていたので、喉がちょっと痛いです。

でも、どんなソースになるのでしょう。楽しみだわ。

他にも、マテやキュウリのようなもの、茄子に似たものがあります。とても野菜が豊富みたい。

あと、エピというホウレン草っぽいものもあったの。でも、かなり大きくて五十センチメートルはあるわね。どんな味なのでしょう。

今日の食事が楽しみだわ。

畑をぐるっとひと回り。結構歩きました。

ちょっと疲れてしまって……日も暮れてきたわね。

雑貨屋さんに行くのは、明日にしましょうか。


宿に戻ると、ちょうど夕食の用意ができていました。

根菜の煮物の、鼻をくすぐるこの香りは……お醤油にとても近いわね。

女将さんに尋ねると、あの畑で見たセウの実をすり潰して熟成させたものらしいです。

購入したいと言ったら、宿を発《た》つとき用意してくださるそう。嬉しいわ。

美味しい食事でお腹はいっぱいです。

すっかり眠くなって、部屋に戻ってすぐ寝てしまいました。

◆　◆　◆

おはようございます。気持ちのいい朝です。身体も軽く、元気に起きることができました。

イリスとともに一階の食堂に行くと、すでに朝食が用意されていました。

あっ！　昨日に続いて嬉しい匂いが漂っています。

汁物が、根菜のお味噌汁でした。

女将さん曰《いわ》く、私が昨夜の根菜の煮物を喜んで食べていたので、今朝は根菜のミショスープにしたとのこと。ありがとうございます。

味噌は、こちらでは「ミショ」っていうのね。これも、出発するときに用意してくださるって。

おかげで食生活に不自由しなそうだわ。とても嬉しいです。

そんな嬉しい朝食をとって食堂で一息ついていたら、シェヌとイリスに挟まれて連行されました。

そんなに両側を固めなくても、ちゃんとついていくのに。いったいどうしたのかしら。

連れて行かれたのは、一階にある広い部屋です。会議室でしょうか。テーブルが大きくがっちりしています。

エルムとサパンはすでに部屋で待っていました。イーヴァもいます。エルムたちに挟まれて。

……うん。これはきっと、私とイーヴァにお説教ですね？

まあ、昨日シェヌにお説教をされているイーヴァを、私が誘い出してしまったし。

私は私で……今朝の皆の態度がおかしかったから、また何かしちゃったのね。

「イーヴァ、コーユ様、とりあえず座ってください」

私が手近な椅子に腰を下ろすと、イーヴァが隣の席につきました。私の正面にはイリス、イーヴァの前にはシェヌが座り、サパンとエルムはシェヌたちの後ろに立っています。

「コーユ様、イーヴァ。どちらの話を先にしますか？」

私たちの顔を見て、イリスが問いかけました。表情は真剣そのものです。

「私からでいいわよ」

「いや、ばあさんは後回しだ。イーヴァを先に終わらせたい」

そう言って、シェヌは腕組みをしながらイーヴァに目を向けました。

「あら。どうして？」

「イーヴァには、自分で考えるように昨日言い渡してある。それを自分の言葉で、皆にわかるように言えば済む話だ。ばあさんの件は、そんなにすぐには終わらん気がする」

まあ！　シェヌったらちょっとひどいわね。

でも、確かに昨日から考えているなら、イーヴァだって少しは何か言えるかしら。

「ねぇイーヴァ、何を考えるように言われたの？」

私が問いかけると、皆の視線がイーヴァに集まります。

イーヴァは目を伏せたまま、けれど拳を強く握って語り始めました。

「シェヌに言われた。これから、どうやって生きるのかって」

あら、将来のことを聞かれたのかしら？

「今までは、皆に言われたことをやってきた。エルムが索敵と言ったら敵を探して伝えるだけ。魔物を倒せと言われたら倒すだけ。考えなくて良かった」

まあ、そうよね。エルムはリーダーですし。それに従うのは当然だわ。

「でも、ばあちゃんが死にそうになって、考えずに血で縛ろうとした。自分では覚えてないけど、そう聞いた」

「血で縛るって、何かしら？」

言っている意味がわからなくて、思わず口を挟んでしまいました。

「多分……ばあちゃんが死んでも、側にいてもらえるようにだと思う」

「死んでも側に？」

「よくわかんないけど、そういうのができるんだと思う」

自分でもよくはわからないのね？　闇の魔法でできることなのかしら。

「でも、死んで欲しいわけじゃない。死んだらきっと笑ってくれないし、撫でてもくれない……」

死んだら笑えないわよね、多分……

イーヴァは苦しそうな表情で、けれど力強く言葉を続けます。

「あの時は、力が暴走した。でも、そんなのだめ。だから……自分の中にあるらしい能力も制御する」

「らしい」って……わからないものを制御するなんて難しいんじゃないかしら。

「ちゃんと勉強しなおして、自分で制御できるように頑張るし、わからないことはちゃんと聞く」

聞くって、誰に？

そんな疑問を抱いていたのだけれど、シェヌは満足そうに頷いて口を開きました。

「ようやく言えるようになったな」

「ちょっと待って。ようやく言えるって、どういうこと？」

「ばあちゃん。オレ、口に出すと誓約になるときがあるんだ。今まで言葉が怖かった。だから話すのは少しだった」

誓約……よくわからないけれど、言霊《ことだま》みたいなものかしら。口に出すと、それが実際に起ると
か。でも、そんなことよりも。

「イーヴァ。あなた、ちゃんと話せるのね？」

「うん」

それを聞いて、私は安堵の息をつきました。

「良かったわ。話すことから教えなきゃって思っていたもの」

すると、イーヴァがこちらを窺うようにちらりと見ました。

「……怖くない？」

「あら、何が？　何が怖いの？」

「オレのようなの」

「イーヴァは怖くないわよ。『ようなの』はよくわからないけど」

微笑みかけると、イーヴァは目を逸らしました。

「オレは暴走するとあんなになる。ばあちゃんを無理やり従属させるかもしれない……」

「あんなに？　ああ、血だらけにね。うん、イーヴァが死んじゃうかと思って怖かったわ。でも、イーヴァは私にひどいことなんてしないわよ」

「でも……」

言葉を遮り、頭を撫でました。

「イーヴァはしないって知っているから大丈夫」

「う、うん……」

泣かなくてもいいのに。ハンカチをポケットから出して、イーヴァの涙を拭いてあげます。まだまだ子供なのね。

「それで、イーヴァは誰に習うの？」

シェヌに向かって問うと、その後ろにいるエルムから答えが返ってきました。

「この村に指導できる人がいるらしい。コーユ様には申し訳ないけど、イーヴァはこの先、護衛から外したい。いいかな？　もちろん、その分の護衛料も引く」

「そうね。イーヴァが成長したいって言うんですもの。そのほうがいいわ。またいつか会いたいと思うけど」

すると、イーヴァが私を上目遣いで見ます。

「ばあちゃんのとこ、会いに行ってもいい？」

「もちろん。いつでもいらっしゃいな。でも、ちゃんと制御できるってお墨付きが出てからよ？」

「おすみつき？」

「えーと、こちらの言葉にはないのかしら。そう、指導してくれる方が『もう大丈夫』って言ってくれたらってこと！」

「頑張る」

うんうん……可愛い子には旅をさせろって言うじゃない？　あれと一緒よね。甘やかすだけじゃ、駄目なのよ。

「これでイーヴァの話は片付いたな。次は……」

「ええ、コーユ様の番ですね」

あ、忘れていました。次は私ですね。

何だか、シェヌとイリスの顔が怖いのだけど……えっと、何でしょうか……

イリスが意を決したように、強い眼差しで私の目を見ます。

「コーユ様、ステータスを見せていただいてもよろしいでしょうか」

「いいわよ。『ステータスオープン』」

【名　前】コーユ
【年　齢】65
【職　業】巻き込まれたおばあちゃん
【Ｈ　Ｐ】100
【Ｍ　Ｐ】10000
【属　性】聖闇　空間　生活　創造
【スキル】緑の手　想像
【加　護】全能神《ルミナス》の加護

あら、何だかいろいろ変わっているわね。

エルムもサパンも、シェヌも目を見開いている。ええ、私も驚いています。

あら、イーヴァは驚かないのね。そのことのほうが私はビックリよ？

誰も言葉を発しないのだけど……これで終わりっていうわけにはいかないわよね、うん。

「こんなことになってしまって……いつからかわからないけど、ちょっとだけ若返ったわ」

「あぁ……」

シェヌったら、開いた口が塞がらないって感じね。

「どうやら属性もスキルも増えたみたい」

「う……ん……」

エルムが呆然としたまま頷きます。

「そんなところね」

「「「そんなところじゃないっ‼」」」

あら、一斉に叱られてしまったわ。でも、仕方ないじゃない。知らないうちに増えたんですもの。

「はぁ……だから言ったでしょう？　コーユ様が変だって」

「イリス、そんなことを言ってもだなぁ」

「君が一番側にいるんだからさ……」

「エルムやサパンにそう言われるのはわかるけど、シェヌは気づいていなかったの？」

「え？　あー……散歩している時に、やけに元気だなぁとは思ったが……」

皆、いろいろ言っているわね……

聞いていたら思い出してきたのだけれど、属性やスキルが増えたのって、神様に魔法の練習を手伝ってもらったからなのかしら？

そうだとしても……話したからといって信じてもらえるかしらね。

横にいるイーヴァを見ると、ニコっと笑いかけてくれました。

信じてもらえなくてもいいか……私だって、自分で経験していなければ信じられないもの。

「あの……あのね……」

「おっ。なんか思い出したか、ばあさん」

シェヌが興味深そうに身を乗り出します。

「あのね、信じてもらえるかどうかわからないのだけれども……散歩の途中で礼拝所に行ったでしょ？」

「ああ、行ったな」

「その時にね、神様っていう人に魔法の使い方を教えていただいて」

「「「はっ？」」」

皆の目が点になりました。そうよね、当然だと思うわ。

「でね、練習していたら時間がかなり経ってしまったから……私の時間を使って、時間を巻き戻してくださったらしいの」

「「「えーっ？」」」

あ、あら、みんな黙り込んじゃったわ。今度ばかりはイーヴァも目を見開いているわね。

でも……ま、仕方がないわよね。わけのわからないことになっているのは確かなのですから。

「あの……みんな、落ち着いて。話の続きをしてもいいかしら？」

誰も何も言わないので、声をかけてみました。早めに話を終わらせないと、買い物にも出られませんからね。

「は、はい。えーと……神様が何でしたっけ？」

「あらイリス、しっかりしてちょうだい。私、神様に魔法を教わったのよ」

「あっ！　そうでした。で、コーユ様、どういうことです？　なぜそんなことに……」

「イリスに叱られちゃったでしょ？　えっと、『癒し《ヒール》』をかけたつもりだったのに、魔力を渡してしまって」

「ええ……」

イリスは曖昧に返事をして、眉間に皺を寄せます。

「どうして、『癒し《ヒール》』にならなかったのかしらと思って、神様に聞いてみたのよ。そうしたら魔力を巡らせることと、魔法で何かをすることの違いを教わって」

「はぁ……」

あら、イリスの眉間の皺が深くなったわね。

「それから、魔法で火を扱ったり、明かりを出したり、水を温めたり？　あと、お皿を作ったり！」

「い、意味がわかりませんっ！」

そうそう、明かりを出した後もいろいろなことをしたのよね。

「聖闇と空間の基礎と、生活するのに必要なことを教えていただいたの」

「あの……火や明かりは何となくわかりますけれども、水を温める、皿を作るって何ですか？」

「何って、そのままの意味よ。お皿がね、すごく難しかったの。土を水と混ぜて捏《こ》ねたり、火で焼いたり、空間に閉じ込めたり……ほんと、ずいぶん時間がかかったのよねぇ……」

「そんな時間がどこにあったというんですっ！」

「そうなのよ。だから、神様に使った時間を巻き戻すって言われて、お祈りを始めた時間に戻っただけかと思っていたら……まさか若返るなんてねぇ、考えもしなかったわ」

私の時間を使うって、そういう意味だったのね。

「はぁー……」

なんとも重いため息が聞こえてきました。

あら……エルムですね。

シエヌやイリスが深いため息をつくのはいつものことだけど、エルムは珍しいわ。いつも落ち着いているのに。どうしたのかしら。

「コーユ様、もう一度ステータスを確認させてもらえる？」

何か気になることでもあるの？

「いいけど？『ステータスオープン』」

【名　前】コーユ
【年　齢】65
【職　業】巻き込まれたおばあちゃん
【Ｈ　Ｐ】100
【Ｍ　Ｐ】10000
【属　性】聖闇　空間　生活　創造
【スキル】緑の手　想像
【加　護】全能神《ルミナス》の加護

「一つずつ確認しても？」

「え？　ええ、いいわよ？」

沈痛な面持《おもも》ちのエルムに言われて、思わず気圧《けお》されてしまいます。

「年齢についてはさっきの説明通りか。魔力も前見た時より増えているような気がするんだけど？」

「そうね。何だか一桁《ひとけた》多くなっているわね」

「これについて、何か思い当たることは？」

「うーん……よくわからないわ。そもそも、私もついさっきまで、増えているなんて知らなかったんですもの」

「属性の『創造』と、スキルの『想像』については？」

「えーと……そういえば、魔法の使い方を教えてもらった時に、そういう言葉を何度か聞いたような……魔法を使うコツは、想像して創造することなのですって。つまり、イメージして作り上げるってことね。でも、それが属性やスキルになるっていうのはなぜだかわからないわ」

少し困ったような顔でエルムは頷いて、さらに話を続けます。

「ああ、確かに想像《イメージ》は大事だね……それで、一番聞きたいことなんだけど……結局どんな魔法が使えるの？　意識して攻撃や防御ができるのかい？」

「多分……できるわよ？」

「どの程度に？」

「炎を出せば相手を傷つけられるし、風でも水でも似たようなことができると思うわ」

そう言ってみたけれど、エルムの期待する答えではなかったようです。

「えっと……どんな魔法で攻撃や防御ができるのか、これから護衛をする上で具体的に知っておきたいんだ。どれくらい自分で身を守れるのかはもちろんだけど、襲撃があったときにコーユ様がパニックにならないとは限らないだろう？　守る相手に後ろから攻撃されてはたまらないからね」

あら、ひどいわ。信用されてないのかしら。

「確かに常に冷静でいられるとは限らないわ。でも、あなたたちに攻撃なんてしないわよ……」

「絶対ということはあり得ないでしょ？」

「それはそうだけど。でも、攻撃っていうほど強い魔法は知らないわ。私が教えてもらったのは、お料理とお掃除、お風呂と畑仕事ができるものだけだもの」

「え？」

エルムの動きが止まりました。今日はよく固まるわねぇ。

「だから、お料理するために火を出して火力を調整したり、水で汚れを落としたり、風で埃を集めて追い出したり。あ、お皿を作った時には空間を切り出して、その中だけを高温にしたりもしたわ」

「つまり、火を自由に操れて、水も風も空間術も使えると……」

エルムが疲れたような顔で、弱々しく言いました。

「そうね。多分？」

「なぜ疑問形なんです？」

「だって、そんなに自由にっていうわけじゃないと思うの……」

私自身、よくわからないというのが正直なところなのよ。

「炎の温度を変えたり風を自由に操れるのでしょう？」

「うーん……やって見せたほうが早いかも……えっと、この部屋の床と天井の埃を風で集めるわ。

『掃除機とはたきを掛けるように』」

私が魔法を使うと、小さな風が生まれて天井を這い回り始めます。同時に、床の上にも……そう、これは自動で動くお掃除ロボットをイメージした魔法です。

しばらくすると、床と天井が綺麗になりました。そして、私の足元には埃の塊がころんと転がってきます。次は……

「床と壁とテーブルを綺麗に、『雑巾がけをしたように浄化する』」

ええ、次の瞬間には壁や床が光っています。綺麗になったみたいです。次は……無限収納《インベントリ》から水袋を取り出して。

「水をレンジで温める『チン』」

これは電子レンジをイメージした魔法。レンジの仕組みなんてわからないけれど、温まるってことがイメージできていれば大丈夫みたい。

あら、水袋の水だけでなく、テーブルに置いてある花瓶の水まで温まってしまいました。

そうなの。ちゃんと考えないと、違ったことも起こるのよね。

花瓶が視界にあったから、つい意識に入れてしまっていたのでしょう。だから、決して自由に操れるというわけではないのです。

「コーユ様？　詠唱は……？」

エルムの前で、イリスが目をぱちくりしながら尋ねます。

「私の場合は詠唱がなくても大丈夫らしいのよ。でも、何も言わずに魔法を使うのも慣れなくてねえ。使いやすいように練習していたら、こんな感じでできるようになったわ」

「つ、使いやすい……で、それでどうやって攻撃ができるんですか？」

イリスは、驚きを通り越して呆れたといった表情をしています。

「攻撃をしようと思ったことがないからわからないわ」

だって、昨日使えるようになったばかりですし。誰かを攻撃するような場面もなかったし。

「ええと……では、防御はできるのですか？」

「ええ！　それは大丈夫！」

「どうやって……」

「えっと、私の周りの空間に触らせないで『防御』」

キィーーーーーンッ!!

甲高い音が鳴った直後に空間が閉じられました。もう外の音も聞こえません。

エルムが私の側までやって来て、恐る恐る空間の境目を触ろうとしています。

あ、どうやら触ったみたいですね。壁の方まで吹っ飛んで……

「『解除！』」

「エルムっ！　大丈夫？」

ごほごほと咳き込んでいるエルム……

すぐにイリスが駆け寄って『癒し《ヒール》』をかけます。

傷を癒してもらったエルムは、向かい側の椅子に座りなおしました。

「はぁー……わ、わかった。防御は一応できるみたいだね……ただし、これからは周りの許可を得てからやること。非常事態以外では！　防御以外の魔法も同じく、むやみに使わない！　いいね？」

「あ、はい」

何だか、今日のエルムには威圧感があります。

「ステータスはちゃんと毎日確認して、変わったことがあれば報告すること」

「はい」

「わからないことや、やって欲しいこと、やりたいことができたら言ってね」

「は、い……」

「いいですね!?」

「はいっ！」

エルムって、怒ると迫力が……素直に言うことをききましょうね……はい。

普段は温和な方だけど、怒らせたら怖い人だったようです。

話は終わったみたいですし、そろそろ出かけましょう。

「じゃあお買い物に行きたいのだけれども、どなたかついて来てくれるかしら？」

私が腰を上げながらそう言うと、俺が、私がと三名が椅子から立ち上がりました。シェヌとイリスとエルムです。

あら、イーヴァがいないわ？　さっきまで隣にいたはずなのに……

ドアの方を見ると、イーヴァはサパンに引きずられて行きました。早速お勉強のようですね。頑張ってね。

「ねえ、エルム。ここには色んな物が売られているお店があると聞いたの。まずはそこに行きましょう？」

「ミレイのよろず屋かい？」

「そう！　よろず屋さん！　どんな物があるか楽しみだわ」

「魔核から薬草まで、何でも扱っているよ」

「まかく？」

初めて聞きました。食材かしら？

「魔獣からとれるんだ。魔力の塊って言われている」

「えっと……欲しいのはそういうものじゃないのだけど」

「何か目当てがあって行くの？」

「とりあえずは、包丁とまな板ね。あと食材っていうか……調味料ね……」

それから、クッションのカバーを作ったのだから中身が欲しいわね。いつまでも服で代用するわけにはいかないでしょう。

そうそう、お茶も欲しいし、イリスに服も買ってあげたいわ。

なぁに？　皆、じっと見ているけれど……

大丈夫ですって、無限収納《インベントリ》に入れれば荷物は増えませんから。

い、行くわよ？　宿を出て左にまっすぐにだったわよね？


てとてと歩いて行くと。うん……それっぽいところはありました。えっと、お店よね？

振り返ってエルムに聞いてみます。

「ここよね？　よろず屋さん？」

お店の前にずらーっとお野菜が置いてあります。

でも、誰もいないみたい。

お野菜が直射日光を浴びているわね。鮮度が落ちてしまうんじゃないかしら。

王都の露店では、きちんと台や筵《むしろ》に並べてあったけど……直置きしてあるわ。

「え、エルム？　この村ではこれが普通なの？」

「あ、いや……そんなことはないはず……」

あら、エルムもおかしいと思うのね？

うん、よかったわ、直置きが普通じゃなくて。こんなお野菜はちょっと遠慮したいもの。

マテはぐしゃっとしているし、インゲンも茄子もしなびています。畑に生《な》っていたのは、あんなに美味しそうだったのに……

「ミレイ！　ミレイはいるか？」

エルムが声をかけながら店のドアに向かっていきます。もちろん、お野菜は避けながらです。ええ、踏みたくないですものね。

ドアを開けたところで、中から声が聞こえました。

「ふぁーい……どなたぁ……」

とてもだるそうな男性の声……

ドアを開けたエルムですが……中には入っていかないわ。私にその場に留まるよう、身振りで伝えてきました。

ドアの隙間を覗いてみます。うん、入りようがないんですね。今にも崩れてきそうな大量の物が……

ここ、ゴミ屋敷ですの？　日本でも時々ニュースになっていたわよね。

まさか！　大量のゴミの中から必要な物を探すのかしら？

絶対にイヤです！　食材なのよ、主に必要なのは！

だったら、畑仕事をしている方から直接購入したほうがいいのかも。

宿は普通でした。礼拝所も綺麗で、畑はとても素敵で！

なのに、このお店は……

これはひどいわ。ここにいると病気になってしまいそうです。

店主のミレイさんが出てきました。ぼさぼさの頭に無精髭《ぶしょうひげ》。中肉中背で、失礼ながらちょっと清潔感に欠けています。どうやらお店を開けた後に居眠りしていたみたい。

ミレイさんによれば、最近村の近くに現れる魔獣が増えて、対策に追われているのですって。さらには急に野菜の生育が良くなって、大量に採れる食材をどう処理するか問題になっているそうです。

村全体で解決しなきゃいけないことだけど、何かとミレイさんが頼りにされているのだとか。

そんなこんなでバタバタしていたら、お店のことに手が回らなくなった、と……

ここでは食材だけでなく、魔道具や台所用品も扱っているみたいなので、何かいいものがあれば購入したいわ。

でも、まずはお店を綺麗にするのが先ね。掃除ってさせてもらえるかしら。

ミレイさんに聞いてみると、できれば手伝ってもらえるとありがたいとのことです。

あとで、商品の値引きでもしてくれると嬉しいわね。

「エルム、イーヴァとサパンをこっちに寄こしてもらえる？　これだけ散らかっているんですもの、人手が多いほうがいいわ」

「ま、しょうがないな。ミレイに恩でも売っておくか」

エルムがすぐにイーヴァたちを呼んできてくれるみたいね。

では、掃除を始めましょうか。

まず、このごちゃごちゃしたものをすべて外に出しましょう。

ミレイさんにも手伝ってもらわないとね。私にはどれを処分してよくて、どれが大切な物なのか区別がつかないもの。

「最初に入り口辺りを何とかしましょう！　ここのものをすべて外に出してもいいかしら？」

「多分大丈夫だと思う……」

ミレイさん、自分のお店なのに多分ってことはないでしょう。

「まずみんなで物を全部出しますから、ミレイさんは必要なものとそうでないものを分けてくださる？」

「え？」

ミレイさんは、ぼやっとした顔で首を傾げます。

「どう考えてもゴミでしかないものもあるでしょう？」

掘り出し物もあるのかもしれないけれど、私の目にはゴミにしか見えません。

「ええ、確かにゴミもありますが……」

「いいから、必要なものと、使っていないものとに分けて！」

ちょっと厳しくしないと、物を捨てられない人のようです。

「はい、そうですね……」

納得していただけたみたいで、よかったわ。

「シェヌ、物を全部外に出して！　ミレイさんはどんどん仕分けしてね」

「わかったが、ばあさんは何をするんだ？」

「物がなくなったところから掃除を始めるわ」


イーヴァとサパンが到着したので、ゴミと判断されたものを村の集積所へ運んでもらいます。

入り口近くに溜まっていた物は、ほぼすべてシェヌが外に運び出してくれました。

さて、私は掃除をしましょう！

皆が動き回ると、埃が舞い上がります。この中に入るのはちょっと……

あ、そういえば無限収納《インベントリ》に、まだ刺繍をしてないクッションカバーがあったわよね……ゴソゴソ漁ってみると、二つありました。

魔法で風を巻き起こして埃を集め、クッションカバーの中に通します。掃除機のフィルターみたいなイメージね。すぐに、カバーの中に溢れんばかりの埃が溜まりました。

それからカバーの口を閉じて空間魔法で密閉し、昔使った布団圧縮袋のように中の空気を吸い出します。埃が小さくなったところで、土を思い浮かべて固定化。それをカバーから取り出して、数度同じことを繰り返しました。

ほんの数分で、視界を遮っていた白い霞《かすみ》は消えて、部屋の中の埃はすっかりなくなったようです。

これで部屋の中に入れるわね。

部屋の中は物がなくなりましたが、床や壁にシミやベタベタした汚れがついています。

では、汚れを浮かせて一気に綺麗にしましょう。

部屋の中に水を生み出し、高温に熱します。もうもうと立ち上る湯気で壁や床を覆うと、部屋全体に『洗浄《クリーン》』をかけました。

あとは、この部屋の湿気と熱をどうにかしなきゃね。風をグルグルと巻き起こして、外の空高くまで勢いをつけて放り出しましょう。

……ふぅ。これでお終《しま》いね。

次は、住居スペースにある台所……とてもじゃないけれど、この中には入れないわ。カビやドロドロしたものでいっぱい。

もう面倒くさくなってきたわ。この部屋のいらないものは、すべて燃やしてしまいましょう。

といっても家に燃え移ってはいけないので、部屋に防御の壁を作って、一気に燃やして……ふぅ。

最後にこの熱気をさっきと同じように窓から空に噴き上げました。空なら誰の迷惑にもならないでしょう。

あ、あら。後ろを振り返ると、ミレイさんやシェヌが呆然としているわね。

あっ……そうだわ。実行する前に相談をするのを忘れていました。ごめんなさいね。


掃除も終わったので、商品を綺麗に戻してから宿に帰ります。

もちろん、欲しかったものは買ったわよ。少し値引きしてもらえてよかったわ。

シェヌとサパンはゴミなどを片付けてから戻るとのことです。

私はイーヴァとお話ししながら宿に向かいました。

また曲がるところを間違えそうになったので、イーヴァの腕に手を添えて迷わないようにしています。まだ、ボケてはいないはず……

「イーヴァはここで、魔法の制御方法を習うのよね？」

「うん。あと字とか、計算とかの勉強」

「あら、お勉強もするの？」

「うん。自分で、生きていけるように」

今まではどうしていたのか聞いてみたら、必要な場面ではイリスやシェヌが助けてくれていたみたい。

「イーヴァは学校には行ってなかったのね？　イリスは通っていたみたいだけど」

同じ銀色混じりの髪でも、二人はだいぶ境遇が違うのね。

「わからない。気づいたらイリスがいた」

「そう。じゃあ、イリスはイーヴァの知り合いだった？」

「……わからない」

「魔法の使い方はイリスに教わったの？」

「それも……わからない。いつの間にか使えた。けど、いつも逃げていたような気がする」

イーヴァ……幼い頃の記憶がないのかしら。心に傷を抱えているとは思っていたけれど、きっと何かつらいことがあったのね。

「そう……お勉強した後はどうするつもり？」

「ばあちゃんとこ行く」

「まぁ。私と一緒に暮らしてくれるの？」

「いい？」

イーヴァは私をちらりと見て、顔色を窺いました。

「歓迎だわ。でもね、イーヴァ。色んな人と関係を持つのを怖がっちゃダメよ？」

微笑んで答えると、イーヴァはきょとんとします。

「どうして？」

「物事は、見た目だけじゃ判断できないこともあるから。少しずつ勉強して、色んな所を見てくるの。いいわね？」

「ばあちゃんとこだけじゃダメ？」

「帰るところの一つとして考えるのはいいけど。『だけ』じゃ駄目よ。私は年寄りだから、多分イーヴァより先に死ぬわ。まだ先のことだけどね。そうしたら、イーヴァが一人ぼっちになっちゃうでしょ？　だからね、色んな人と出逢って欲しいわ。そしてね、いつかいい人を連れてきてね」

イーヴァには幸せになってほしいもの。たくさんの人に囲まれて、素敵な家庭を築いて。

今よりも笑顔でいる時間が長くなるといいわよね。

「……いい人？」

「そう、きっとできるから。あと、お友達も連れてくるのよ」

「友達……イリス？」

「ふふ。イーヴァの中ではイリスはお友達なのね……」

「イリスは優しい」

「シェヌもエルムもサパンもでしょ？」

「うん？」

イーヴァったら、首を傾げているわ。

「あら、違うの？」

「ん。先生」

「ええ、そうね。今までいろいろ教わってきたものね」

そんな風に話しながら歩いて宿までたどり着くと、いきなりどしゃ降りの雨に襲われました。

珍しいわね。この世界での最初の雨はどしゃ降りです。


宿の中に入ったら、急に疲れを感じました。

少し部屋で休みたいわ。身体がだるくて……お掃除を張り切りすぎちゃったかしら。

「部屋に戻るわね」

そうイーヴァに伝えて部屋に入り、少しベッドに横になります。

しばらくすると、扉がノックされて外から聞き覚えのある低い声がしました。

「ばあさん、話が……」

シェヌです。もう戻ってきたのね。

「はぁい……」

多分、お掃除のことでしょう。了承を得ずに魔法を使ってしまったから。

疲れているけれど……仕方ないわね。

部屋を出ると、またまた一階の会議室へ連れていかれました。

コンコンコンとノックをして、シェヌがドアを開けます。

中には、エルムとサパンとミレイさんがいました。あと、初めてお会いする初老の方がお一人。

勧められるままに、四人の向かい側の席につくと、エルムが話を切り出しました。

「コーユ様、何をしたのかな」

じっと見つめてきます。エルムだけでなく、サパンもミレイさんも……

「別に変なことはしてないいつもりだったのだけど」

「魔法を使ったよね？」

「ええ。少しだけ……」

エルムの鋭い視線が突き刺さります。

なんていうか、ちょっと気まずいわ。だって、ここにはミレイさんや初対面の方がいるのですもの。

魔法やステータスについては他の人に黙っているようにって、いつも言っているのはエルムなのに。言ってしまってもいいということ？

「エルム？　話してもいいのかしら？」

「ばあさん、目の前でやっておいて今さらか？」

隣に座っているシェヌが、呆れたように私の肩に手を置きました。

「コーユ様、言っても大丈夫だよ。イーヴァを指導してくれるのは、この村長のリーンだから」

「そう。イーヴァの。初めまして、コーユと申します」

「リーンです。ミレイがお世話になったそうで」

初老の男性は、村長さんでしたのね。でも、どうしてここに？

「挨拶はそれくらいで。コーユ様、それで、先ほどの魔法は何をどうしたの？」

エルムが冷静な声で話を戻しました。

「大したことはしてないわ。埃を集めた後、水蒸気で消毒して。台所はカビやゴミでいっぱいだったから、部屋に薄く覆いをしていらないものをすべて燃やしただけよ。燃えてしまえば、野菜くずも食べ残しも綺麗になくなるじゃない。ミレイさんに聞いたら、台所に大切な物はないって言っていたし」

「燃やした？」

エルムが眉を顰《ひそ》めて、両隣にいるサパン、ミレイさん、リーンさんは目を見開きます。

「ええ。そうしたら、ものすごく暑くて。仕方ないから、その空気を上空に吹き飛ばしただけよ」

「吹き飛ばした？」

ええ、熱い空気を上空に……って、あら。

水蒸気と熱い空気を空に飛ばしたってことは……

「もしかすると、この雨はそのせいかも」

「「「「そのせい？」」」」

えー……と……

「確か、物を燃やすと上昇気流が生まれて、熱い空気が上空で冷えて雨になるのでしたっけ？　よくは覚えていないのだけれども」

「えっ？　普段から物は燃やしているけど、そんなことは……」

「ええ、エルムの言う通り、普通なら雨なんて降らないでしょうが、熱い空気を飛ばす前に、お店の掃除をするのに出した大量の水を吹き上げたから」

シェヌは顎に手を当てて首を捻っています。

「それがこの雨だと？　ここまでどしゃ降りになるか？　ばあさんが出した水くらいで……？」

ずいぶん疑わしそうに言うわね。まあ、私も絶対そうだ！　とは言えないけれど。

少しの間、みんなが黙り込んでしまいました。

「なぁ、ばあさん。どれくらいの魔力を使ったんだ？」

「よくわからないわ……確かめていないもの」

「確認してもらってもいい？」

シェヌに答えた直後、エルムがそんなことを言いました。

いくらイーヴァの先生になるとはいえ、リーンさんやミレイさんにあまり詳しくは話さないほうがいいと思うのだけれど……何か考えがあるのでしょうね？

「『ステータス！』」

【名　前】コーユ
【年　齢】６５
【職　業】巻き込まれたおばあちゃん
【ＨＰ】７０
【ＭＰ】１００
【属　性】聖闇　空間　生活　創造
【スキル】緑の手　想像
【加　護】全能神《ルミナス》の加護

あ……えっと……私が疲れているのは、このせいなのかしら……

「魔力をかなり使っているみたい……」

「かなりって？」

どう言えばいいかしら。リーンさんたちに変に思われないように……

「えっと、残りが１００よ……」

「「「「えっ？　１００？」」」」

みんなの声が重なりました。

けれど、その後のシェヌとミレイさんの反応は真逆で。

「それだけしか残ってないのか……？」

「それだけしか使ってないのか？」

何とも答えに困ります。ここは聞き流すのがいいわね。

ふう……考えながら話していたら、ちょっと疲れたわ。

「でね、疲れたみたいなのよ。少しだけ休んできてもいいかしら？」

深く息を吐く私に、エルムが真剣な表情で告げます。

「コーユ様、時が惜しいことになるかもしれない」

えっ？

「忘れたのかな……前にも注意をしたでしょう？　国や貴族に飼われたいのか、と。もし、この大雨の原因が本当にコーユ様の魔法だとしたら、それほどの魔力を国が感知しないわけがない」

言われて、はっとします。

えっと……あ、隷属の……とかいうのがあったわよね。

「思い出されたようで……」

「はい……」

場の雰囲気が一気に冷えて、私は身を縮こまらせました。

何度言われても学習しないで……本当にごめんなさい。

「なるべく早く、ここを発つ」

エルムの言葉に、素直に頷きます。

「ええ、この村に迷惑をかけるわけにはいかないものね……」

「それで、イーヴァをここに残す代わりにミレイを連れていく」

「えっ？」

思わずミレイさんの顔を見ると、エルムは言葉を続けます。

「少しでも隠蔽したいから」

「何を隠すの？」

すると、エルムはミレイさんの方を向いて頷き、説明を促しました。

「あなたの力です」

ミレイさんは、私の目をじっと見つめて言いました。

真剣な眼差しは、あのゴミ屋敷にいた人と同一人物とは思えないほど。

ええ。私もしっかり考えないと。これ以上、迷惑なんてかけられないわ。

「私の……力……魔力？」

あの時に使ってしまった諸々の？

「ええ……使ったことは隠せませんが、誰が何のために、どのようにして、といったことは隠せますから。ああ、隠すというより、正確にいえばごまかすことですね」

「ごまかす……どのように？」

「そうですね……魔獣が大量に発生していますので、膨大な魔核が店にあったことにしましょう。

そこに魔道具の誤作動による事故が起こって、爆発が生じた……とかね。私は、その責任を負って村から出て行ったとでも言えばいいんじゃないでしょうか」

ミレイさん、ウィンクしてるけど両目を瞑りそうになってるわよ？　おかげでほんの少し緊張が解けたけれど。

ふぅ……いずれにせよ、追われる覚悟がいるみたいね。あとは、どうすればいいかしら？

「エルム、他にすることはある？」

私にできることなら、何でもするわ。あるなら早めに動きましょう。

「荷物を少し持ってもらいたい」

「荷物？　どれくらい？」

「水とか食料とかだけど、どれくらい持てる？」

あら、無限収納《インベントリ》のこともばらしちゃうの？　まあ、一緒にいればわかることよね。

「持てるだけ持つわ……どれくらい入るかなんてわからないし」

仕方ないじゃない？　そんなにたくさん持ったことがないんだもの。

「では、すぐに出発の準備をしよう」

「ええ。イーヴァと話す時間は……」

「あるといいけどね……」

そうね、仕方ないわ……

とりあえず、部屋に戻って荷物をまとめました。

ふぅ……慌ただしいわね……

もう少し考えて動きましょう……本当に、全然学習しない自分が嫌になるわ。

でも、クヨクヨしている時間はないもの。迷惑をかける前に動きましょうか。

トントンと階段を足早に下りると、イーヴァの姿が見えました。

「ばあちゃんっ！」

私に走り寄ってくるイーヴァ。エルムから聞いたのかしら？

「ごめんなさいね、イーヴァ。時間がないそうなの。動きながらでいいかしら？」

「うん。すぐ出るの？」

「多分ね。食べ物とお水だけ、持っていくように言われたの」

「オレ、頑張るから、待ってて。『宣誓する、イーヴァ・ラ・オプリューヌは、コーユ様に永遠の忠誠を』」

イーヴァがそう言った直後、黒い霧が噴き出して私たちを包みました。

けれど数瞬の後には、霧はイーヴァの身体に吸い込まれていきます。

「イーヴァ……な、何を……」

「オレの心を、ばあちゃんにあげる」

前に言っていたわ。イーヴァの言葉は誓約になる場合があるって。

まさか、私のためにそれを……

「イーヴァ……そんな大切なことを簡単に……駄目よ！　取り消しなさ……」

「もう、無理。盟約のスキルも使ったから」

私の言葉を遮って、イーヴァは悪戯っぽく笑いました。

「そんな……」

「ばあちゃん、急ぐんでしょ」

イーヴァ、そんな風に笑わないで。私はあなたにそこまでしてもらうような偉い人ではないのよ。

私の手を引くイーヴァから、温もりが伝わってきます。涙が自然とこぼれてきた……

「い、イーヴァ……私も頑張るわ。イーヴァに対して恥ずかしくないように。イーヴァを大事にするわ……」

どうしよう……こんな時なのに……やってしまった……

そんなつもりは、なかったのに……

イーヴァと私の間に絆ができたらしく、二人をつなぐ赤い紐みたいなものが見えるようになりました。

運命の赤い糸？　……とは、どうも違う気がします。

イーヴァも初めてだったのか、ビックリしているようです。銀色の綺麗な瞳が落っこちそうなくらい、目を見開いています。

そっと紐に手を伸ばしてみましたが……触《さわ》れませんね。

そして、赤い紐は少しずつ色を失い……消えていきました。

見なかった。うん、何も見なかったことにしましょう……

宿の入り口に向かうと、リーンさんや宿のご主人もおられました。

外の通りには馬車が来ていて、簡易階段が設置されています。出発準備はできているようです。

「リーンさん。イーヴァをよろしくお願いします。ばたばたと、ご迷惑をおかけして申し訳ありません。ご主人、女将さん、お世話になりました。ミショもセウもありがとうございます。またお会いできると嬉しいですわ」

三人にお礼を言って、馬車に乗り込みます。中にはイリスとミレイさんがすでにいました。

「ばあちゃんっ。オレ、頑張ってすぐ行くからっ」

イーヴァが宿から走って飛び出してきたので、幌から顔を出して別れを告げます。

「イーヴァ、身体に気をつけて。待っているわね。じゃあ、またね」

なるべく早く、この村から遠ざからなければ。

御者台にはエルム、二頭の馬にはそれぞれシェヌとサパンが跨《また》がっています。

さぁ、ティユルに行きましょう。

12　ティユルへ出発

突然だったけれど、無事に村を出発しました。

ただ、何だか寒気がするし、身体が重いのです。

風邪でも引いたのかしら。お掃除で汗も結構かいたし、イリスに簡易経口補水液を作っておいてもらいましょう。教えておいたから、できるわよね？

馬車に揺られるのはもう慣れたと思っていたのですが、まだだったようです。

お腹の奥から、気持ち悪いものが湧き上がってきて……とても苦しいわ。

クッションカバーに布や服を詰めて枕を作り、横になっています。

『癒し《ヒール》』をかけてくれたイリスは、少しも楽にならなかった私を見て落ち込んでいます。なぜ効果がないのかしら。

不思議ではあるけれど、それどころではないの。

眠りたい……何となくだけど、眠れば楽になる気がするわ。

時々、馬車が跳ねます。かなりスピードが出ているのかしら？

考えがまとまらないし、気持ちが悪くて……

「イリス……お水を……」

声を出すのも苦しいです。

ああ、頭がぐわんぐわんいっています……

気づいたら、馬車が止まっていました。

遠くから声が聞こえます。

「あな……かく……よ…………し……『か……』」

何だか、身体を触られているような気がします。やめて欲しいのに、うまく動けないわ。

ああ、気持ち悪い……


ふと、目が覚めました。

あら？ 気分が楽になったわね。動けるかしら？

ん、よっこいしょっと。声には出さないけれど、気分的にそんな感じね。

身体を起こして頭を振ってみても痛みはないので、単に疲れていただけなのでしょう。

馬車は止まったままのようです。周囲を見渡すと、中には誰もいません。

「イリス？ ごめんなさいね、お水をいただけるかしら」

外にいるであろう、イリスに声をかけます。

「コーユ様、お身体はいかがですか？」

「ええ、大丈夫よ。ごめんなさいね、心配をかけて」

馬車の幌が上げられ、イリスがお水をカップに入れて持ってきてくれました。

「お元気になったのはいいのですが……」

イリスは私にお水を差し出しながら、眉を寄せます。

「先ほどまで、警備の兵士とともに王宮の魔術師が来ていました」

「兵士と魔術師？」

「ええ。やはり、コンナ村での出来事を調査しにきたようです。それで、ステータスを確認できる魔道具を用いてコーユ様を調べていました」

やっぱり……ごまかしきれなかったのかしら。

いいえ、たとえ爆発事故だとしても、周辺に何か怪しいものがないかは調べるかしらね。

それで、私が調べられたってことは……

「……ばれちゃったのね？」

「いいえ……」

「えっ？」

どういうことかしら？


【イリスは見た】

コンナ村を急に発つことになり、馬車は慌ただしく村を出た。

エルムの説明では、コーユ様が魔法を使ったことで、王宮が調査に乗り出すのではないかと。

確かにコーユ様の魔法はおかしいと思う。それが原因で捕らえられるかもしれない。

……コーユ様が国に捕まってしまうなんて考えたくない。

私は知っている。あそこは、人が人でなくなってしまう所。

ボロボロに壊されて、自分がモノとして扱われることを何とも思わなくなってしまう。

嫌だと思った。

だって、コーユ様は……

おかしくて一生懸命で、優しくて。

まだ教えてないことがたくさんあるの。教えてもらってないことも、たくさん。料理も裁縫も魔法も……

ある程度、村から離れるまではものすごいスピードで馬車を飛ばした。

コーユ様は村を出る前から少し顔色が悪かったのだけれども、それを気遣う余裕はなかった。

山手に走ること二刻、ようやく馬車は走りを緩めた……

ここまで来れば大丈夫……と思ったのに。

あと少しでティユルというところで、馬車は止められた。王都から追手がかけられたのだ。

確かに、転移の魔法を使えばコンナ村までは一瞬だものね。

あの一件は、コンナ村でごまかしてはくれたみたいだけど、王都から来た兵士たちは念のために付近を調べているとのこと。

馬車に乗り込んできたのは、兵士と魔術師。魔道具の銘盤というもので、意識のないコーユ様を調べると言い出した。

それは強制的にステータスを調べる道具で、普通は犯罪人や不審者に用いられる。

嫌だったけど、抗《あらが》うわけにもいかず。

万事休す……と思っていたら、コーユ様はすぐに解放された。

そして、兵士と魔術師もすぐに立ち去った。『やはりただの役立たずだったか』という言葉を残して。

コーユ様が連れて行かれなくてよかったけど……なぜあんなにステータスが低かったのかしら。

◆　◆　◆

お水を飲んで少し落ち着いたのはよかったけれど、調べられたのに魔力のことがばれてないって、どういうことかしら？

「イリス、今、私が捕まっていないのはどうして？」

「あの……私も確認しろと言われてコーユ様のステータスを見たのですが……」

なんだか、とても言いにくそうね。

「それが、あの……コーユ様は生活魔法しか使えないし、生命力も低いという内容で……」

「あら？　どうして？」

生命力は、体調が悪かったから低くても当然かもしれないけれど、属性やスキルが減るのはおかしいわよね。

「なぜかはわかりませんが……」

「その時の値を覚えているかしら？」

イリスは頷くと、床の埃の上に指で数値《ステータス》を書いてくれました。

【名　前】コーユ
【年　齢】６５
【職　業】巻き込まれたおばあちゃん
【Ｈ　Ｐ】３０
【Ｍ　Ｐ】１５
【属　性】生活
【スキル】――
【加　護】――

あら？　ＨＰもＭＰもやたら低いわね。属性も生活のみだし、スキルや加護にいたっては記載すらないわ。どういうことかしら？

「『ステータスオープン』っと」

【名　前】コーユ
【年　齢】６５
【職　業】巻き込まれたおばあちゃん
【Ｈ　Ｐ】７５
【Ｍ　Ｐ】７２５
【属　性】空間　生活
【スキル】緑の手
【加　護】全能神《ルミナス》の加護

あら、まだ全快ではないみたいね？　属性やスキルも減っているわ。

イリスにも、見てほしいと指で示しました。

「うーん、なんだかまだ疲れが残っているみたい」

「コーユ様……コンナ村でどんな魔法を使ったのですか？　確かＭＰがかなり減っていて、残り１００くらいって聞きました」

宿の会議室にはイリスはいなかったけれど、ちゃんと情報共有はしているのね。私以外は。

「ええ……」

「ええ、じゃないですっ」

イリスが怖いわ……えっと、ちゃんと言ったほうがいいのよね？

はぁ、と大きなため息をつくイリス。

「コーユ様、普段のＭＰを把握していますよね？」

すごく真面目な声でイリスが尋ねます。ちょっとずつ近寄ってきているので、私もじりじりと後ずさりしてしまいました。だって、迫力があるのですもの。

「いくつか、わかっていますよね？」

まあ、ビックリしたから覚えていますとも。

「い、いちまんだったと思うわ……」

「それが、いくつまで減りましたか？」

「ひゃ、ひゃくでした」

イリスの表情が、怒っているような、泣きだしそうな……そんな風に崩れて……

「コーユ様は魔力の使い方がおかしいんです。どうやったら数刻で９９００も使えるんです？　そんな使い方をするから……」

とうとう、イリスが泣き出してしまいました。

ど、どうしたらいいの？　多分、私が泣かしちゃったのよね？　ど、どうしたら……

「ちょっといいかな？」

あ、ミレイさん？　ちょうどいいところに。イリスが泣いてしまったの。助けていただけないかしら。

と、思っていたのだけど。

「コーユさん？　様？　MPが10000って、冗談なのかな？」

あ。えっと……側に他の人がいるってことを、すっかり失念していましたわ。ほほほ……

どうしましょう。ごまかされてはくれなそう。

イリスを見ると、涙を拭いながら頷いています。あら、話してもいいってことかしら？

「冗談だったらどうします？」

「そのような会話ではなかったのでは？」

やっぱり、煙に巻くのは無理ね。

「そう……ね……『ステータスオープン』、ミレイさんに許可を与える」

【名　前】コーユ
【年　齢】65
【職　業】巻き込まれたおばあちゃん
【H　P】75
【M　P】725
【属　性】空間　生活
【スキル】緑の手
【加　護】全能神《ルミナス》の加護

私はステータスを指さして見せました。

「あの……実はもともと、他にも属性やスキルがあって。でも、なぜか減ってしまっているの」

すると、ミレイさんは別に驚く様子もなく、「ああ」と言いました。

「エルムに頼まれて、私がコーユ様に『封印』のスキルを使ったからね。追手が来て、ステータスを確認される恐れがあるからって。それにしても、封印状態でこのステータスはすごいな」

ミレイさんの話によると、エルムに言われるまま『封印』のスキルを使って、私の能力の一部を封じたのですって。

元々のステータスを知らなかったから、１０００と聞いて驚いたらしいです。

ちなみにミレイさんは元冒険者で、かつてはエルムと一緒に仕事をしていたこともあるのだとか。

「でも、さっき兵士たちに調べられた時のステータスはもっと低かったみたい。属性も生活しかなかったようですし」

「えっ！」

私の言葉に、ミレイさんが驚いて固まってしまいました。

「まさか、今は封印が解けかけている状態……？　自力で解除するなんて……」

腕を組み、ぶつぶつ……言っています……

「ミレイさん？」

「えっ？」

とてもビックリしていますが、今は話の途中でしたわよね？

なんだか疲れてきました。ちらりとイリスを見ると、頷いて合図を返してくれました。

説明はイリスと交代です。まだ身体のだるさが取れていないわ。横になっていてもいいかしら？

イリスがミレイさんに向き直ります。

「コーユ様は、まだ魔力切れの後で体調を悪くされているので、説明を代わります」

頷いて先を促すミレイさん。

「コーユ様の本来のＭＰは１００００です。それが、今は１０００もありません。コンナ村で魔法を使ったそうですから、その時にかなり消耗したのでしょう」

「ああ、結構広範囲の魔法で、細かい作業をされていたよ」

ミレイさんは顎に手を当てて思い出すかのように言いました。

「まさか、重ねがけをされていたのでは？」

急に顔色を変えて問うイリスに、ミレイさんはため息をついて返します。

「そうだよ。気づいた時には風と熱と水を一度に使っていた。しかも範囲結界で囲った上でね」

ますます青くなるイリス。

えっ？　重ねては駄目なの？

こちらをチラッと見て、イリスもため息をつきます。

えーっ？　そんなにいけないことだったのかしら？

「コーユ様は魔力が豊富なので、無意識にどばどば使われてしまうんです」

えーっと……私、呆れられています？

「ミレイさん、コーユ様が使われた魔法をできるだけ細かく教えていただけますか」

うう……早く終わって……自分がやらかしてしまったことを聞くのは恥ずかしすぎる……私の体力と気力はもうないわ。

ミレイさんの話を聞いているうちに、みるみるイリスの表情が変わっていきます。

視線が怖いです。ええ……覚悟いたしましたわ。ちゃんと怒られます……心配をかけてしまったのだから仕方ない……わ……

「いいですか？　前も言ったと思うのですが！　もう一度言わせていただきますっ」

「ひゃいっ」

「人間は魔力が完全に切れてしまったら死んでしまうんですっ！」

「わ、わかっ……」

「わかってないから、ほとんどMPを使いきって、生命力まで魔力に変えて死にかけていたんでしょっ！　私はコーユ様に『何かやるときには事前に了承を得てから』とお願いしたはずですっ！」

「ごめんなさい。次は、こんなことしないように気をつけるから、ね」

だって、私のいた世界じゃ魔力なんてなかったんですもの……もちろん、生命力を魔力に変換したことだってないわ。

でも、もうこんなことしない。

イリスにここまで心配かけてしまって。必死に怒りながら、涙を流して……

うん、本当にごめんなさいね。……失敗しちゃったわ。

「心配をかけてごめんなさい。でも、一つだけ言わせて。私、魔力の扱いに慣れてないのよ」

「慣れてない？」

鼻をすするイリスの隣で、ミレイさんが首を傾げます。

「私は魔力のない国からさらわれてきたわ。魔法が使えるようになってまだ十日なの。いいえ、実際に使うようになったのは、ここ五日間かそこら。使い方は習ったけれども、まだまだ初心者なのよ」

ミレイさんは、油の切れたロボットのようにギギギとイリスを振り返りました。

すると、イリスは深々と頷いています。

「ミレイさん、わかっていただけました？」

私がそう言うと、ミレイさんはため息を一つついて、こちらを向いてくれました。

「ああ。魔力というものをまだ理解できていないことはわかったよ。使っている姿からは、そのように感じなかったものでね。私こそ、無礼な態度をとって申し訳なかった」

良かった、叱られなかったわ。

ミレイさんはいったん馬車の外に出ていきました。

辺りが暗くなってきたので、このままここで野営するようです。

ご飯を食べて、馬車の中で私とイリスは眠りました。


物音が聞こえて、目が覚めました。

あら？　何事かしら？

外で何かがぶつかる激しい音がしますが……イリスはすでに起き上がって警戒しています。

イリスに動かないように言われたので、頷いて返します。

馬車がガタガタと揺れて、何かが起きているのは間違いないようです。

すると、シェヌが幌の中に顔を出しました。

「イリス、ばあさんは大丈夫か」

「何が起きているの」

「数人が襲撃してきた。さっきの兵士たちだと思う。やっぱり怪しまれてたのかもな」

一度引き下がって、油断したところを……ってことかしら。

「私は、このままじっとしていればいいのね」

「ああ、エルムたちが終わらせるから、動かないでくれ」

シェヌはそう言って馬車から離れて行きました。

さっきの兵士ね……ということは、国が動いているのかしら？

しばらくすると幌が上がり、シェヌが再び顔を見せます。

「イリス、ばあさん。とりあえず全員捕まえたと思う。エルムが話があるって言ってるんだ。出てきてくれないか？」

イリスの助けを借りて馬車を降りると、少し離れたところに六人ほどの男性が捕らえられています。

あれが兵士？　ずいぶん汚らしい格好ね。国の兵士って、もっと立派な鎧を着ているのかと思ったのに。

エルムたちがこちらに来るのを待ちましょうか。まだ何かしている途中みたいです。

落ち着くために、イリスが作っておいてくれた経口補水液を飲みましょう。

ふぅ、この国のお偉い人たちは何がしたいのでしょうね。

人を違う世界からさらってきたり、年寄りはいらないと言っていたのにわざわざ道具を持ってきて調べ直したり。

あら、終わったようね。エルムたちがこちらにやってきます。

側にいるイリスに、ふと気になったことを聞いてみました。

「ねぇイリス。さっき言っていた魔術師さんって、あの中にいるかしら」

イリスは捕まっている人たちをじっと見て……やがて答えます。

「いえ、いませんね」

その言葉を聞いたシェヌがエルムのところへ走っていきました。魔術師がいないってことは……まだ、どこかに潜んでいる可能性が出てきたからです。

あら……何かしら。ぞわぞわと……変なものに身体を触られている気がします。気持ち悪いわね。

そうだわ、原因を探ってみましょう。ソレを敵だと思えば、索敵《サーチ》っていうのが使えるかも。

「『索敵《サーチ》』」

えっと、範囲は見えるところ。ぐるりと見回すと、変な感じのものがありました。

ただ、それは一つだけじゃなくて……捕まっている彼らからも、馬車の方からも……

戻って来たシェヌとミレイさんに私が腕を擦《さす》ってそのことを報告すると、シェヌは周りを見回したあとイリスに何やら声をかけました。

やっぱり、何かに囲まれているような……

馬車は草原の中程に……ええ、見渡す限りの草原の中にあります。

今、どの辺りなのかなんてわかりません。だってこの世界の地図をまともに見たことがないので。

呼ばれてやってきたエルムに、シェヌが尋ねます。

「この結界は？」

「いや、俺たちじゃない……」

ああ、結界で囲まれていたのね。私たちを逃がさないようにかしら。

……じゃあ、とりあえずこの空間を閉じてもいいわよね？　どのみち、結界を何とかしないと私たちも動けないのですし。

『遮断』――あちらからこちらまで。音、気配、熱、通信をシャットアウト。

心の中でそう念じると……あ、ぞわぞわがなくなったわ。ふう。

でも、シェヌもエルムもミレイさんも……そんな目で見なくてもいいんじゃない？　嫌な気配を感じたくないだけよ。代わりに、私たちの気配も消えたと思うけど。

「コーユ様っ！」

「ごめんなさい、イリス。でも、変なものに囲まれているのは嫌なのよ。あと、あの人たちと馬車の方に変な感じがするの。確かめてくれる？」

指を馬車の方へ向けると、すぐにサパンが隠れていた二人の魔術師を捕まえてきてくれました。

あら、あなたそんなに素早く動けるのね。いつものっそりしていたからびっくりしたわ。

さて、次はどうやって兵士たちに気づかれずに結界を破るかだけど……

あ、ミレイさんが私に掛けた『封印』を使えば……ううん……ちょっと違うわね。

そう、封印じゃなくて、私たちのことを忘れてくれるだけで構わないのよね？

ええと……そう、忘却だわ！

「エルム、あの二人とあっちの六人をここに連れてきてちょうだい」

とりあえず、捕まえた全員を連れてきてもらいました。

えっと……どこ？　どこから、変な感じがするの？

耳を、神経を、精神《こころ》を澄まして……あっ……あの人とあの魔術師？

「エルム、その人を探って。えっと、胸の辺りに変な感じがするものを持っているから。シェヌ、そっちの魔術師も持っているわ」

エルムとシェヌが各々相手の懐を探ると、道具らしき物が出てきました。

うん、これだわ……

二人から道具を受け取って、魔力を込めてみます。

――パンっ！

破裂したわね……粉々になってしまいました……嫌な気配もなくなって、結界も消えたみたい。

馬車に仕掛けられていた魔道具も外したのですが、車軸に埋め込まれていたので、少々軸に傷がついてしまいました。

その後、縛られた八人のところに行って……

「『忘却』――私のこと、《緑の風《ヴァンベール》》のことはすべて忘れて。一切記憶に残らないように」

ついでに、もう一つ。

「『睡眠』――今から三刻の間、眠り続けなさい。気配も消して」

ふう……これで、大丈夫かしら。

つんつん突《つつ》いてみたけど、起きないから眠らせるのは成功したみたい。

あ、あら？　皆さん、そんなに見ないで。恥ずかしいわ……

ええ、思いっきりしでかしましたわ！　何か文句ありまして？

「お説教はあとで聞きます。今は早く立ち去るのがいいんじゃないかしら？」

三刻といえば、夜明けくらいになるわね。それまでに、ここからできるだけ離れましょう。


【イーヴァの修業】

ばあちゃんと別れてから、リーンさんの家に連れていかれた。ここがしばらく暮らす部屋になるんだって。

勉強はすぐに始まった。数を数えるところからだ。

オレも一から十までは数えられる。手の指があるから。

「加える」と「減らす」というのを教えてもらった。

肉やポムは食べたらなくなるので、減るというのはわかる。ポムが三つあって、一つ食べたら残りは二つ。これが「減らす」だ。

前に、だご汁に入っている二つの団子を見ていたら、ばあちゃんが一つくれた。オレの団子は三つになった。これが、「加える」。

次に、文字は簡単なものから覚えるように言われた。

でも、もう自分の名前は書けるんだ。ばあちゃんがクッションカバーに縫ってくれたから。

じっと見ていたら、ばあちゃんが「これがイーヴァの名前よ」って言った。だから覚えた。

リーンさんにそう伝えると、基礎文字を覚えれば依頼書も自分で読めるようになるって言ってた。

だから、基礎文字が書いてある板を見せてもらって、頑張って勉強する。

声に出して、「イー」や「コー」という文字を覚えた。もちろん、「ヴァ」も「ユ」も。


時々、熱っぽく感じる。ばあちゃんが無理しているんじゃないかと、心配になった。

でも勉強が終わらないと、オレは側に行けない。

夜の飯を食べたら、早めに寝る。

でも眠れない。昔みたいだ。暗いとこで小さくなって寝ていた……

ドキドキする。頭が痛い。

ばあちゃん……

え？　ばあちゃんの気配が消えた。

繋がっているはずの糸。ちゃんとあるのに、ばあちゃんがいない。

ど、どうしよう……

約束した……でも……

夜だけど……心配。

我慢できずに飛び起きて、リーンさんの部屋に行く。

「リーンさん、ばあちゃん危ない。オレ、行きたい」

部屋の外から声をかけると、ドアが開いた。

「ばあちゃんの気配が消えた。さっきはドキドキひどい。心配。ティユルに着くまでは心配」

「彼女が心配なんだ？」

「うん。大事。お願い、行きたい」

必死に頼んだ。何度も頭を下げて。

そうしたら、リーンさんは頭を撫でて笑ってくれた。

「ちゃんと帰ってくるんだよ。これで毎日報告すること。今日覚えたことを忘れないように。約束できるね？」

リーンさんは魔道具をくれた。使い方も教えてくれた。

赤い道筋はずーっと続いている。待ってて、ばあちゃん。すぐ行くから。

13　ティユルに到着

イリスは私と一緒に馬車の中。エルムとミレイさんは御者台、シェヌとサパンは馬に……。

た、確かに出発を急がせたのは私ですが……

ガタガタと揺れる馬車の跳ね方が、今までとは格段に……

お尻も、身体も痛いです……

ひぃゃあ……ぐっ……いたっ……

ちょっ……まっ……

もう気を失ったほうが楽みたい……


ぺちぺちと頬を叩かれている……みたいです……

ええ、ええ、起きますから、叩かないで……

「コーユ様、大丈夫ですか？　もうすぐティユルです」

あら？　もうすぐ？　では起き上がりましょう。

か、身体が痛いですわ。

やがて、馬車が止まりました。着いたのかしら？

……と思ったのだけれど、どうやら道が塞がれているようです。

ここは森の中。馬車が使う道の真ん中に、大きな岩が置かれていました。回り込んでいこうとしても、木々が邪魔で馬車が通れません。

しかも、あの魔道具を取るときに傷ついた車輪の軸に、ひびが入っているらしくて。

この岩も、さっきの兵士たちの仕業かしらね。

「それで、どうするの？」

馬車から降りた私は、エルムを見て尋ねます。

「コーユ様には大変申し訳ないけれど……」

私？　何でしょう。

「馬車を乗り捨てていく」

えっ？　馬車を乗り捨てるって？　これから歩いて行くの？

驚いた顔をしていると、エルムが補足説明しました。

「隙間を通るため、馬に乗って行こうかと思って」

馬に乗る……無理な気がするの。乗馬って、結構技術が必要よね？

「だから、シェヌの前に乗ってもらえ……」

「無理よっ。馬になんて乗ったことないもの……」

慌ててエルムの言葉を遮ると、今度はシェヌが肩をすくめて言います。

「ばあさん、後ろだと俺に紐で括りつけなきゃ……」

「前に乗りますっ」

むむむ……紐で括りつけないといけないくらい急ぐのね……もしくは、落ちないために。

いずれにしても、シェヌのお荷物になるなんて。

いいわ。頑張るわ。

結局、私はシェヌに括り付けられて、森を抜けました……

お尻も、太ももの内側も痛いです。

お腹はぐるぐるだし、頭はぐわんぐわんだし。

ああ、情けない……

「ばあさん、ティユルの街だ」

シェヌに言われて顔を上げると、遠くに街が見えます。

高台になっている森を抜けた先には湖があり、さらに向こうには黒々とした森がもう一つ見えました。その木々の間から、小さな屋根が覗いています。

あれが、ティユルの街なのね。

◆
◆
◆

ティユルは、湖と森に挟まれた小さな街です。

森は『深遠の森』と呼ばれ、魔獣が多く生まれる魔の力に満ちた森だとか。

この森は他の地域より強くて大型の魔獣が出現することがあるため、ティユルには冒険者が多く暮らしているんですって。

それで、私はイリスに説得されて冒険者ギルドに加入することになりました。

でもね、イリス。私にギルドは必要なの？

ええ、依頼を出すことはあると思うわ。でも、私が依頼を受けることは……ない気がするのだけれど。

とりあえず、ギルドの受付係に、街の成り立ちから主な依頼内容、ランクというものの説明を受けています。

「……深遠の森は深くて陽の光が届きにくいため、いつも暗くじめじめしています。森には茸《きのこ》が多く生えていますが、毒を持つものもあって見分けが困難です。その採取も、よくある依頼の一つですよ。また、薬草も多く生えていますが、群生していないので、これもまた困難な依頼となります。魔獣討伐の依頼を受けた際には、討伐証明部位をお持ちください。それから……」

聞いてもよくわからないのは、ナイショということで。

私の側には、ずっとイリスがついています。ええ、まったく離れようとしません。

でも私に、魔獣を倒したり、薬草や茸の採集をしたりなんてできるのかしら。まぁ、薬草や茸は食材になりそうだし、挑戦してみてもいいかもしれないけれど……

一通りの説明が終わり、加入するために書類に記入します。

やってみてわかったのだけれども、私ったらこの世界の文字が書けたのね。助かるわ。

あら？　うーん……年はいくつって書けばいいのかしら？

生まれてからは七十五年経っているのだけれども、ねぇ？　あの、ステータスっていうのには六十五って出るのよね。どちらを書いたらいいのかしら？

「イリス、ここ……」

イリスが覗き込んでくれます。

「六十五でいいのでは？」

「そう？　ではここは？」

次の項目を指して、イリスに尋ねます。

スキルと属性の欄。あ、職業も何になるのかしら……

「あ、そこは任意なので書かなくても大丈夫です」

あ、書かなくてもいいのね。助かったわ。

「でも、自分のできることは示したほうがいいので、職業は料理人と書くのはどうでしょうか？」

「あら、私は料理人ではないわよ？　えっと……料理研究家になりたいかしら」

「研究家？」

「ええ、もっといろいろ作ってみたいもの」

職業は料理研究家。これで記入は終わったわ。

カウンターに持って行くと、先ほどの職員の方が手続きをしてくれます。

「はい、承ります。名前……年齢……しょく……？　料理研究家？　なんですか？　これは」

職員の女性は、目をぱちくりとさせます。

「料理を研究して、新しいレシピを広げたいのです。駄目ですか？」

「新しいレシピ……どこに登録をされるのですか？」

「えっ？　レシピって、登録をしなければならないの？」

初めて聞いたわ。自分で好きなように作って、人に教えては駄目なのかしら。

「登録をしないとお金にならないし、もしそのレシピを他の人に登録されてしまったら作れなくなりますよ？」

「あ、あら。そうなの？　困ったわね……」

職員さんと話をしていると、イリスが私の袖をくいくいと引っ張ります。

「えっ？　なぁに、イリス」

「ここでも登録できますから、今まで作ったものを後で登録しましょうか」

「でも、そうしたら他の人が作れないじゃない」

別に、私はレシピを独り占めしたいわけじゃないわ。

「レシピを買ってもらえば他の人も作れますから、心配はいりません。それがコーユ様の稼ぎにもなるのです。さあ、次はギルドカードを作ってください」

あ、あら。イリスがどんどん手続きを進めていきます。

「では、こちらに手を当ててください」

そう言って、職員の方が真ん丸な水晶みたいな珠を指しました。

左手でそっと触れると、珠がパァーッと光を放ちます。

びくっとして、そのまま動くことができませんでした。

もう。光るなら光ると言ってくれれば、驚かずに済んだのに。

しばらくして、職員さんが金属のキャッシュカードのような、鈍色《にびいろ》のカードを渡してくれました。

「これがコーユさんのギルドカードです。紛失されるとペナルティが発生するので、気をつけてください」

カードの表には名前とランクを示す白のマークが見えます。裏を見ると、『専門職　料理』とありました。

ふふっ。これで身分証明書ができましたわ。

なんだか昔、運転免許証を初めて手にした時のことを思い出しました。懐かしいわ。あの時も自分を証明できるものが手に入って嬉しかったのよね。

じっと、そのカードを見ていると、奥のドアから出てきたエルムに声をかけられました。

「コーユ様、物件について話が……」

「物件ですって？」

「ここで住む家を探すと聞いていたのだけど？」

「そ、そうでした」

すっかり忘れていたわ。私はここに、のんびり暮らすつもりで来たのに。

せっかくだから、いいお家に住みたいわよね。いくつか候補があるのかしら？　話って、きっと家賃や条件のことでしょうね。庭がついていると嬉しいけれど……

エルムに連れられて、奥の部屋へ行きました。イリスはドアの外で待機するようです。

部屋に入ると、壮年の男性が挨拶をしてきました。

「よくいらっしゃいました。私がこのギルドを統括しているハーナと申します」

「コーユですわ。この度はお世話になります」

私も名乗ってお辞儀します。このあたりのやりとりは、どの世界でも同じなのね。

部屋の中には執務用の机とは別に小さなテーブルとソファがあり、そちらを勧められたので、腰を下ろしました。

ハーナさんは私の対面に座り、紙を数枚出して並べます。エルムはテーブルの横に立って話を聞くようです。

「コーユ様の予算は、王都で決めた通りでよろしいのでしょうか」

「そうね、使えるお金は変わっていませんから」

「まず、ティユルまでの護衛隊の料金と、馬車や馬の使用代などがこちらになります」

差し出された紙には、これまでにかかった料金が書いてあります。あら、馬車って結構なお値段でしたのね。

「家が調《ととの》うまで《緑の風《ヴァンベール》》の皆を引き続き雇いたいのですが、よろしいかしら？　もちろん今までの料金は先に支払います」

ええ、今さら知らない人を雇うより、気心の知れた人がいいですもの。

「彼らのままでいいのですか？」

「もちろん。なぜそのようなことを聞かれるのかわかりませんわ」

すると、ハーナさんはちらりとエルムを見て答えます。

「ここまでの《緑の風》《ヴァンベール》の不手際はエルムから聞いておりますが……」

「私にとって、彼らの不手際は何もありません。とても良くしてもらっています。私のほうこそ、このままの金額でいいのでしょうか」

「コーユ様、俺が口を挟むのもなんだけど、今でも貰いすぎているくらいだよ。むしろ、返金を言われても納得する。それより、本当に俺たちでいいの？　あなたに怪我を負わせてしまったり、イーヴァの件でもいろいろ面倒をかけたり……」

「エルム。もうやめて。いろいろあったのは私にも原因があるわ。それに、ギルド加入を勧めたのだって、私のことを考えてくれたからなのでしょう？　ハーナさんはそれも聞いているのかしら？」

ハーナさんはエルムを横目でちらりと見てから、私に向き直って言いました。

「ギルドの手続きは済ませたのですよね？」

「ええ、この通り」

私はハーナさんに鈍色のカードを見せます。

「これで、コーユ様はギルドの一員。間違いないですね」

ハーナさんの言葉を聞いて、横に立っているエルムがほっと息をついたのがわかりました。

「エルム。話を聞かせてもらえるかしら？　なぜ私にギルドを勧めたのか」

エルムに尋ねると、ハーナさんが手を上げて制止しました。

あら？　駄目なのかしら……と思っていると。

ハーナさんは席を立って、執務机の中から何やら箱のようなものを持ち出してきました。

真ん中からぱっかりと左右に割って外箱をずらすと……中のつまみを回します。

えっ？　ちょっと耳がキーンとしました。そう、飛行機で上空に上がった時のように。

しばらくすると、それも治まりました。その代わり、拘束されたみたいな圧迫感があります。

「部屋に沈黙の結界を敷きました。これで声が外に漏れることはありません」

ふーん……誰かに聞かれるとまずい話なのかしら。

「コーユ様……」

エルムが立ったまま話そうとするので、座ってもらいました。だって、立っている人をずっと見上げるなんて疲れるじゃない。

エルムはハーナさんの隣に座り、話し始めます。

「コーユ様。すみません。いろいろ小細工を……」

「それはもういいわ。それより、ギルドへの加入を勧めたわけは何かしら？」

またくどくど謝られても面倒なので、知りたいことを先に聞いてしまいましょう。

あのねエルム、苦笑しているけれど、身分証明書を作るためだけじゃないのでしょう？

「ギルドに身を置けば、少なくとも国からの要請に応える義務がなくなるからです」

「国からの要請?」

よくわからなかったので、詳しく話してもらいました。

今までの私の立場は国民でもギルド民でもない、ただの流民だったようです。

国に籍がないので、何か騒動に巻き込まれた時に、国からの保護や援助が受けられないとのこと。

今は依頼人としてギルドからの保護を受けられはしますが、それだけです。ギルドの依頼が終わった瞬間に、私は国に捕らえられることもないわけではないと。もちろん、国にその気があれば、という話ですけれども。

では、ギルド員になったらどうかというと……ギルドはどこかの国のものというわけではなく、世界各国にネットワークを持っている独立機関なので、犯罪者でなければギルド員は保護をしてもらえるみたいです。

ただ、ギルドで依頼を出したり受けたりしなければならず、税金の代わりの保証金もいるそうですが。

ギルドは、所属するギルド員から集めた保証金を各国に納めて、自由に動くことのできる権利を貰っているとのことです。

そして、話題は先日のコンナ村の出来事に移りました。いろいろしてしまった私の存在が、国に知られたらしいのです。

それを知ったエルムたちは、何とか私を守ろうと知恵を絞り、頑張ってくれていたのでした。

「難しいことはわからないけれど、つまり、これで私はこの国に捕まる心配がなくなったということかしら？」

「まあ、そういうことです」

エルムは疲れたようにため息をつきました。

ごめんなさいね。いろいろ聞いたけど、わかったのは、どうやらこの国が私を捕まえたがっているらしいってことと、その情報を掴んだエルムたちがあれこれ考えて助けてくれていたってことくらいだわ。間違ってないわよね？

「さて、あとは物件の話だけですね」

晴れ晴れとした表情で話を進めていくのはハーナさんです。

どうやら、エルムの込み入った話に疲れてしまったのは、私だけではなかったみたい。

「家に庭があるといいのですが。畑がついていると、もっと嬉しいです」

私がうきうきと家の条件を伝えると、エルムの疲れた顔が見えました。ええ、気にしないことにしましょう。

「庭か畑ですか？　部屋の数は？」

「イーヴァが泊まりに来ると思うし、イリスだって遊びにくるかもしれないし……シェヌもイーヴァの様子を見にくるかしら。そうすると、客室が三部屋は欲しいわね。あ、お風呂とトイレは絶対にいるわ。だから四つの寝室と台所、お風呂とトイレがあればいいわ」

「部屋数は四、台所と風呂とトイレですか……一応、いくつか候補はあるのですが、その条件に合うものに絞っておきますね。ああ、会計係をこちらに呼びますので、ここまでの護衛料をよろしくお願いします」

ハーナさんは話しながら、箱を操作しました。

耳の違和感を一瞬だけ覚えた後、ハーナさんはベルを鳴らし、人を呼びました。

ここまでの護衛料を精算してみますと、王都で先に支払った前金から、なんだかんだで金貨五枚が払い戻されました。

護衛が途中で抜けたことや、宿に泊まる回数が少なかったこと、食材も私の持ち出しが多かったことなどが原因みたい。

その後、物件を自分の目で確かめることにしました。

案内してくださるのは、シエルさんという若い女性です。馬車に乗って、いくつか回ることになりました。お供としてイリスについてきてもらっています。

早速、一軒目に到着です。

馬車から降りて家を見ました……家？　いいえ、邸宅ね。

外は石造りで頑丈そう。

玄関はホールとなっていて、壁には布が張り巡らされていました。

キッチンは広く、トイレは魔道具の水洗式。お風呂も広くて湯船では泳げそうです。聞けば、温泉が引かれていてかけ流しになっていると……

二階に続く階段の手すりには彫刻が施されていて……部屋はどう見ても十はありそうです。

あの……広すぎない？　私の希望は部屋四つと台所、トイレ、お風呂だけよ？

「ちょっとこれは……私にはもったいないわね」

そう言ってこの家を後にし、物件を次々に見ていったのですが……

どの物件も、豪邸といって差し支えがないほどです。キラキラと煌びやかで落ち着けません。

移動する度に豪華さが増していくという……疲れます。

もっとこぢんまりとしていて、過ごしやすいお家がいいのに。

「ここもお気に召しませんか？」

シエルさんも少し困った顔をしています。

「大きすぎるのですわ。もう少し、こう……こぢんまりとした……」

「一軒家がよろしいのですよね？」

「ええ、できれば」

「庭か畑をご希望とのことですが、街の中ですと、どうしてもこのような……」

「街の中でなくともいいのですよ？　むしろ少し田舎のほうが……」

「そうですか？　治安がよく、人気《ひとけ》のある場所のほうがよいと聞いていますが……」

ああ、きっとイリスやエルムが私を心配してそう言ったのね。

「でも、これでは広すぎますの」

結局、その日はいい物件が見つからず、今夜は宿をとることになりました。

ギルドの側の宿で、ハーナさんに紹介していただいたの。

「すみません、お部屋を二つほどお願いしたいのですが」

イリスが宿屋のドアを開け、声をかけました。

ここで宿をとるのは、私とイリスとシェヌだけのようです。手続きはいつもの通り、イリスにお任せ。

「いらっしゃいませ。どのような部屋がよろしいでしょうか」

「一人用の部屋を一つと二人用の部屋を一つ。できれば隣り合っているといいのですが」

「三階でもよろしければ……」

ええ、問題ないわよね。

「さん……」

「二階でお願いいたします。こちらがギルド長の紹介状です」

私が三階でもいいと言おうとすると、イリスがそれを遮って答えました。そしてギルド長からの手紙を受付の方に渡しています。

「ああ、先ほど連絡があった方ですね。それでしたらご用意できています」

ほうほう、すでに連絡を入れてくれていたのね。助かりますわ。

部屋に案内されて中に入ると……あら豪華すぎます。

ベッドが二つはいいのですけれども、それ以外にソファやローテーブル、書き物机や箪笥《たんす》、食事用のテーブルとイスがあります。これだけ家具があるのに、狭くは感じません。

しかも、この部屋専用のトイレまで豪華です。

けれど、これだけ揃っているのに、お風呂はないのね。

宿の人に聞いてみると、温泉の施設が側にあるので宿にはないんですって。

今夜は温泉に入れるのかしら。楽しみですわ。

礼拝所もそう遠くないところにあるとのこと。あとで行ってみましょう。

あら、イリスはどこに行ったのかしら。まぁ、何か用事で出ているのかもね。


夕食まではもう少し時間があるので、外を散歩してみることにしました。

宿を出て大通りを森の方へ向かって歩いていると、礼拝所が見えました。

通りの向こう側ですね。そこそこ馬車の通行もあるので、気をつけて渡りましょう。

右見て左見て、ええ大丈夫。馬車の姿はないようです。それでも、ちょっと小走りになるのは仕方のないことよね。

礼拝所のドアにノッカーが付いています。それをコンコンと鳴らすと、中から人が出てきてドアを開けてくださいました。

「何の御用ですかな？」

老齢の男性が私に問いかけてきました。神父様かしら。

「神様に祈りを捧げたいのですが、よろしいでしょうか？」

そう告げると、男性はにっこりと笑みを浮かべます。

「ようこそいらっしゃいました。では、こちらに……」

足でも悪いのでしょうか。少し左足を引きずったように歩く男性の後ろをついて行きます。

「さあ、こちらですよ」

祭壇に祀《まつ》られている姿は、確かに私の記憶にある神様と同じでした。

初めてですわ。似た姿の像は。今までは、ひげの長いお爺さんだったり、若い女性だったりしたのですけど……

ひょろりとした体形。一重の眠たげな目。笑っているようにも、泣いているようにも見える口元。年齢不詳な容貌ですが、それでも確かにわかるのは、髪と瞳が銀一色であるということです。石でできて彩色もされていないその像からは、なぜか銀の色を感じられます。

「ええ、ありがとうございます」

目を瞑り、頭を下げて静かに祈ります。

「ありがとうございました。良い方々と出会うことができました。これから、この側で過ごそうと思っています」

『それは良かった』

突然、声が聞こえてきました。

「こんなに何度も私とお話をしても大丈夫ですの？」

『いいのです。あなたには、すでに何度もご迷惑をかけてしまっているのですから』

「その分、いろいろ助けていただいておりますわ」

『いえいえ……ところで、気をつけてください。召喚陣を使えないようにしました。この国は、最後の召喚人を囲い込もうとしています』

「あら、私はただ巻き込まれただけでしてよ？」

『欲の皮の張った奴らには、そのようなことは関係なくなっています。今回の召喚人は若すぎたのか、すでに亡くなる者も出て、重傷者もいます』

「えっ？　まだ、半月も経ってないではないですかっ」

あの若い子たちが……高校生くらいだったはずよ。

『はい。国は戦い方などろくに教えず、魔物討伐に向かわせていたようです』

「そんな……」

『召喚人の中には剣を使える者もいましたが、かえってそれが良くなかったみたいです。回復魔法を使える子があまり経験を積まないうちに魔物退治に出てしまって』

かわいそうに……身勝手な大人のせいで、人生を狂わされてしまったのね。

『それでですね、あなたも危ないのですが、かつて召喚された贈り人の血を引く者も狙われているのです』

「……どういうことですの？」

『先祖返りと呼ばれている者たちです。国は、彼らを使って、神の力を使わない偽物の召喚を行おうとしています。いや、神が贈り人を召喚する以前は、こちらが〝召喚〟と呼ばれるものだったのですが……』

先祖返り？　どこかで聞いた単語ですわね。何だったかしら……

「それで、何を呼び出そうとしているのでしょう」

『力あるものです。魔の力を持った龍や水妖、あとは神と呼ばれているもの』

「あなた様も？　それで、先祖返りの人は、なぜ狙われているのでしょう。……まさかっ」

『ええ、贄《にえ》です。彼らを贄として、力あるものを呼ぶのです』

「なんてひどい……」

『あなたの知り合いにも先祖返りの者がいますよね？　早めに隠してください』

そうだわ、イーヴァとイリス！　二人も狙われているのね。

「どれくらいの間でしょう。永遠ということではないですよね？」

『召喚の儀を知る者がいなくなるまでです』

いなくなるまで……う～ん、その人が何歳かは知らないけれど、私が生きている間は隠し続けないと駄目そうよね？　しかも、誰かに伝えられてしまったらもっと長くなるわ。

「ちなみにお聞きしますけれども」

『何でしょう？』

「私が神様に教わった結界は、偽物の召喚をしようとしている者に破られますか？」

『まず大丈夫です』

「……わかりましたわ。家を早急に仕上げます。ありがとうございます。教えてくださって」

結界が破られないとわかれば充分よ。あとは、私が守るだけね。

『これくらいしかできない全能神で申し訳ありませんが……できぬ理《ことわり》もありまして』

「いえ。充分ですわ。それではまた……ありがとうございました」

頭を上げると、そこには石でできた神様の像があるだけでした。

神様の像に、もう一度深くお辞儀をします。

ふと、視線を感じて振り向くと、先ほど案内してくださった男性が待っていてくれました。

「お祈りは終わりましたわ。お布施《ふせ》はいかほど納めればよいでしょうか？」

私がそう言うと、彼は眉を顰めました。

「お布施？　ああ寄付のことですかな？　それでしたら、いかような金額でも承りますが……」

ふうん、つまりは決まってないってことね。

「どこに納めればよろしいのかしら？」

「していただけるなら、あちらに……」

よく見ると、入ってきたドアの横に小さなテーブルがあります。その上に小さな箱が……

たくさんはできないけれども、少しなら。小銭入れの袋から、金貨と大銀貨を一枚ずつ……チャリンと箱に入れました。

「では、失礼いたしました」

男性に一言声をかけ、礼拝所を出ました。

神様にいろいろ聞きましたし。あとはお散歩ね。

「コーユ様っ！」

あら？

通りの向こうからイリスの声が聞こえました。

見ると……ああ、なんだか慌てているわね。こちらですよ、と手を振ります。

「イリスー。どうしたの？」

左右を確認してから、イリスは通りを渡って駆けてきました。

「急にいらっしゃらなくなるから……」

「イリスも宿からいなくなったでしょ？」

そう言うと、イリスは大きくため息をつきます。

「それは……申し訳ありませんでしたが。でも、出掛けるなら事前に教えてください。護衛もできないので」

「ああそうね、ごめんなさいね」

「宿の者が教えてくれたので、慌てて出てきました」

「ふふっ。礼拝所や施設の場所を聞いたからかしらね」

「笑いごとじゃありませんっ。もう……」

イリスは怒っているけど、あの子の気配がずっと側にあったから、護衛なんて気にもしていなかったわ。イリスはまだ知らないのかしら。

「ちょうどいいわ。服を買いに行きましょう」

「い、いきなり何ですか？」

「だから、今から服を買いに行きますって言ったの」

イリスは納得できないといった顔だけれど、何を言っても無駄とわかっているのか、渋々頷きます。

「はい……」

「さてと、服屋さんはどこかしら。さっき、馬車で通った時に見かけたのよね」

「馬車でって、先ほどの家を見に行く途中ですか？」

「そうよ。三軒目だったかしら。あの家の側に、服を飾っているお店があったの。こちらでは珍しいから、覚えておいたのよ」

そう、この世界だと服は基本的にお家で作るかオーダーメイドで、既製品はないのよね。古着屋さんはあるのだけど、それでも宣伝してないのよ。皆、よくあれで服を買いに行けるわよね。

でも、三軒目のお家の斜め向かいに、窓を大きく開けて服を飾っているお店があったの。

イリスに場所を聞くと覚えているというので、連れて行ってもらうことにしました。

ただ、少し遠いので馬車で出かけることに……

そんなに遠かったかしら。

つい先ほども来た道をもう一度通り、馬車は邸宅の前に着きました。

馬車には、その場で待ってもらい、私たちは降りてお店を目指します。

窓際には、綺麗な緑色のワンピースがかかっていました。

でも、お店の入り口はどこかしら？　見当たりませんが。

しばらくうろうろしていると、女性が出てきて声をかけてくれました。

「あの……何をしているのでしょうか？」

「まあ、お店の方ですか？　窓から見えるあの緑色のワンピースがとても素敵ですわ。あれは売り物かしら」

「えっ？　はい、売り物ですが、サイズが……すぐ直しましょうか？」

「いいえ、そのままでちょうだい。私が着るのではなく、この娘《こ》が着るのだから」

イリスを指さすと、お店の女性はなるほどと頷いてお店の中に案内してくれました。入り口は建物の脇に入ったところでしたのね。

お店の女性は、ワンピースをすぐに人形から外してイリスに合わせました。

イリスの髪は普通の人が見れば薄い青なので、淡い緑色のワンピースによく似合っているはず。サイズもちょうど良くて、すぐにでも着られそうです。

売れたことが嬉しかったのか、とても饒舌《じょうぜつ》になった女性は、この辺りのことをいろいろ教えてくれました。

お店の裏の原っぱには染色に使える草がたくさん生えていること、森近くに温泉が湧き出ているところや、その側に小さな空き家があることなどなど。

あら、だったらそのお家を修理できないかしら。

聞いてみると、すでに使われなくなって久しいみたいです。普通に暮らしている人がいたところなら、そんなに手は掛からないでしょう。

小さな庭もあるようなので、私が探している家にぴったりかもしれないわ。

宿に帰ったら聞いてみましょう。

服代は自分で支払うとイリスが言い張りましたが、これは私が買いたかったのだからと言ってさっさと支払ってしまいました。

馬車に乗った後でもぐずぐず言うので、私からのプレゼントなのに貰ってくれないの？　と泣き真似をしてみせたら、やっと観念したみたいです。ふふふっ。

あとで、薄いオレンジ色のスカーフもあげちゃいましょう。きっと似合うわ。今は、色んなものを包んで風呂敷のように使っていますけれども。


宿に帰ると夕食の時間になっていました。

一階は食堂になっていて、ガヤガヤと賑やかです。

食事をとって部屋に戻ったあと、お風呂に入りに行こうかと思ったのだけれど、意外に疲れていたようで身体が思うように動きません。

素直にイリスにそのことを告げ、休むことにしました。イリスに『浄化《クリーン》』の魔法をかけてもらったのよ。とっても助かる魔法よね。

温泉に入りたかったわね……なんて考えながら、パジャマ代わりにしているズボンとカットソーに着替えて、ベッドに横になりました。

◆　◆　◆

気がつくと……すでに太陽が昇っていました。

しっかり寝たおかげですっかり元気になったわ。

お湯を用意してもらって顔を洗い、身だしなみを整えると、イリスと一緒に食堂に下りていきます。

あら？　昨日は見かけなかったシェヌがいるわね。

「シェヌ、おはよう」

「ああ、おはようさん。ばあさん、今日はどうするんだい？」

「そうね、食事を終えたら、ギルドに行くわ。昨日の物件について話したいし」

「イリスはどう……」

私の陰に隠れて立っているイリスに声をかけようとして、シェヌが固まっています。

あら、シェヌ？　どうしたの？

「お、おはよ……これ……どう？」

イリスが何だか恥ずかしそうにしています。

「そ、それ……どうしたんだ……」

シェヌも顔が真っ赤ね。あなたが恥ずかしがることないでしょうに。

「こ、コーユ様が買ってくださって」

ええ、イリスは昨日買ったワンピースを着ていますよ。せっかく買ったのだから着て見せてちょうだいとおねだりして。

大判のスカーフを肩にかけると、とても良い感じになりました。薄いオレンジは、同じように淡い緑色のワンピースを上品に引き立て、イリスを飾っています。

ええ、私はいい仕事をしたと、自分で自分を褒めましたとも。

「それでね、ギルドに行ったら、ある物件を見たいのよ」

昨日聞いた家のことです。

「見てみないとわからないけど、聞く限りは私の好みに合っているわ」

14　ここに住みます

私たちはギルドへ向かい、昨日服屋さんで聞いた物件のことを話しました。

大きさといい、庭のことといい、私が希望する条件と最も一致していると思うの。

「それでですね、その物件を実際に見たいのと、お値段を調べてほしいのですわ」

なるべく早く家を決めて、落ち着きたいもの。

「コーユ様がそう判断したならば調べてみましょう。少々お時間をいただきたいのですが、よろしいでしょうか」

シエルさんに頷き、問題ないと伝えます。

「では、その間に私は昨日言われたレシピの登録をします。早いほうがいいのでしょう？」

「ええ、そうですね。レシピの担当をこちらに寄こしますので、その者と話を進めてください」

「わかりました。いくつか書き表したいので、紙とペンを貸していただけますか」

今回登録するレシピは、マテのソースとケチャップ、だご汁です。

これなら難しいことはないから、誰でも作れると思うのよ。ただ、だご汁で使う調味料――ミショが、コンナ村でしか手に入らないのが難点ね。

もちろん、野菜くずから作る出汁《だし》も書いたわ。

レシピ代は、屋台やお店で扱う場合を除いて、一律銅貨一枚に設定しました。

広めるために登録したのですからね。儲けてはいけないと思うの。そもそも、私が考えた料理ではないし。

他のレシピもそのうち登録するということで話を終えると、家の方の調べも済んだようです。

家は建ってからすでに十年を超え、一年ほど前まで老人が住んでいたとのこと。その方が亡くなってからは跡を継ぐ者もいなかったため、空き家として放置してあるそうです。

家の所有権は老人の埋葬等をすべて行ったギルドにあるため、もし購入するなら代金はギルドに支払えばいいとのことでした。

早速、家を見に行くことにしました。

シエルさんはすぐ馬車を準備してくださって、私とイリスはそれに乗り込みます。

昨日服を買った店を通り過ぎて、そこから原っぱの中を進んでいくと、雑草に覆われた家が見えてきました。平屋のお家です。

家の前には、数本の木が植えてあります。今は花がついていないのでどんな木なのかわからないけれど、さほど高くないので、私でも剪定《せんてい》できそうね。

雑草だらけですが、それでも玄関近くは多少、払ってあるので馬車を停めて下りることができました。庭は、馬車が二、三台停められるくらいの広さがあります。

私たちはシエルさんに家の鍵を開けてもらって、中に入りました。

玄関を入ってすぐは、少し広めのホールです。そして奥にドアがいくつか見えます。

ホールの左手側のドアを開けると、その先は広いダイニングになっていました。

ダイニングからすぐ外に出られる引き戸と、大きな窓。暖炉に……向こうは台所かしら。

部屋に入って右手側には、大きなテーブルと椅子がいくつか……

台所には、簡単な魔道具の蛇口が……えっ？　こちらに来て、蛇口って初めて見たわ。

シエルさんに聞くと、この街の近くでは温泉が豊富に湧いているので、ある程度のお金があれば家に水道を引くことができるそうなのです。もちろん、お風呂にも温泉が引いてあるそうで……

温泉や水道を引いた場合は、『浄化《クリーン》』の魔道具を排水溝とともに設置する義務があるのですって。

それって、王都よりも文明が発達しているような……

ビックリしていると、ティユルの近くにある森には魔物がたくさんいて、魔石や魔核も豊富に採れるから、いろいろな魔道具も販売されていると説明してくれました。

水も以前は垂れ流しだったそうだけれど、街が悪臭腐臭に覆われたことで、浄化の大切さを学んだとかなんとか……

そういえば、王都もトイレは簡易式の水洗で、排水にも気を遣っていたような。コンナ村でもトイレは簡易水洗でしたね。

トイレの隣は、待望のお風呂です。タイルが敷き詰められていて、浅く広い湯船がありました。

二人でも一緒に入れそうだわ。

ホールに戻り、ダイニングの反対側にある廊下を進むと、左右に合計五つの部屋がありました。

窓のある四つの部屋と、収納用のこぢんまりした窓のない部屋が一つ。

収納用の部屋には、地下に行く階段がありました。ひんやりしているので、ここに食品や干物などを貯蔵するのでしょう。

ちょうど欲しかった四つの部屋付きのお家。

雑草に覆われた外観とは異なり、室内はとても綺麗です。

不思議に思って聞くと、以前住んでいらした方が設置した魔道具が未だに動いているからだとか。

なるほど、こういうところが異世界なのねと、しみじみ思いました。

電気はないけれど、魔力という動力源があって、それを使って道具を動かしているのです。

そう考えると、なんだかとても身近な世界に思えてくるわね。

ここにしましょう。私、ここに住みたいわ。

「シエルさん、私、ここがいいわ」

「畑も見てみませんか」

ああ、そういえば、まだ畑を見ていなかったわね。

「ダイニングから直接出られますので、そちらから行きましょうか」

それぞれの部屋を見終わった私たちは、玄関ホールを抜けて、再びダイニングへ。

ああ、この引き戸って畑に出るためにあるのね。台所にも勝手口風のドアはありましたけれど。

ダイニングから外に出ると、目の前に畑が広がっています。

今は草に覆われていますが、ここは畑だったのでしょう。

風が部屋を通り抜けていきます。

この家は、まさしく私にぴったりだわ。

「ここを買います。まさに、私の理想とする家です。私はここで生きていきたいと思います」

「裏は森に近いですから、危ないこともありますよ？」

「森……ええ。危ないのはわかりました。でも、ここがいいです」

シエルさんをまっすぐに見て、しっかりと告げます。

ここがいいのです、その強い気持ちは伝わったと思いますわ。

「では、家の修理をどの程度しなければならないのか、不足しているものは何か、もう一度確認しましょうか」

「はい」

今度は過不足がないかを確認しながら、家を見ていきます。

玄関の鍵はスムーズに開け閉めできましたが、ドアが少し歪《いびつ》になっていました。また、ダイニングの暖炉の換気もうまくできないようなので、街から大工さんを呼んで直してもらいましょう。

台所にあるコンロのような魔道具は、動力が切れているようです。鍋も傷《いた》んでいたので、数個新しいものを買うことにしました。ついでに、やかんとかあれば購入したいですわね。

包丁やお皿、カトラリーも揃え直したほうがよさそう。食器はすべて十セットずつ。ちょっと多いかしら……まぁ、足りないよりはいいわ。

お次はトイレ。簡易水洗の椅子型なのは嬉しいですが、やはり、トイレットペーパーはないのね……知っていたわ……お水で洗って布で拭くのですよね……

イリスは『浄化《クリーン》』をかけると言っていました……私もうまく使えるようにならないとね。どうも、威力の調整が苦手なのよ。

あとは客室ね。奥の角部屋は少し狭いけれど、一方に窓があるのでここはイリスの部屋にしましょう。机と椅子しかなかったので、ベッドを入れてもらうことにしました。

その向かいにある部屋はエルムとサパンが来た時に使えばいいかしらね。玄関に近い部屋はイーヴァとシェヌの部屋にしましょう。この二つの部屋には何も置かれてなかったので、ベッドを四台お願いしました。

イリスとイーヴァの部屋に挟まれた部屋はかなり広くて、テーブルと低いソファ、書き物用の机と椅子、そして大きめのベッドがあります。ここのお布団も新しくしてもらいましょう。そう、ここが私の部屋です。

その他、掃除道具や収納用品などをいくつか注文しました。

そうそう、鍬《くわ》や小さな斧、鋤《すき》など庭道具もお願いしましたよ。

もちろん、外の草なども払ってもらうように頼んでいます。

入居する日が待ち遠しいわ。


家の修理が終わるまでは、ギルドの隣にある宿で過ごすことにしました。

ギルドで諸々の精算をすると、結局、支払いは白金貨で十五枚になりました。

元々は家を借りるつもりでティユルのギルドに前金を払っていましたが、購入することにしたので追加料金を払おうとすると……実はあのお家、前金よりも安かったのですって。だから、浮いた分を修理や日用品の購入費に充ててもらいました。

あら、計算してみると、護衛の五人を雇った費用より安いお家でしたのね。

《緑の風《ヴァンベール》》はAランクチームで、実は高額なのだとは知りませんでしたわ。

まあ、私は危ないところを何度も救われているのですから、彼らが護衛で本当に良かったわよね。

家の修理が終わるまで、宿の厨房でレシピを開発したり、こちらの料理を教わったり。クッションを作ったり、洋服を作ったりと、することはいくらでもありました。

イリスと二人で街へお散歩にも行ったわね。歩きやすい靴を作ってもらって。

そうして、半月後……

15　エピローグ

ギルドから家の修理や、建具、その他諸々の搬入を終えたとの連絡が来ました。

これで私も普通の生活ができそうです。

こちらに来て、はや一ヶ月。だいぶ生活に慣れてきました。

だいたいの物の相場やお金の価値もわかり始めて、一人で買い物に行くこともできるようになったし。

それから、一日に一度は神様に感謝を捧げるようになったわ。日本にいるときは、自分がこんな風に生きていくなんて思ってもみなかったわね。

今日からは一人暮らし……といっても、多分、しばらくはイリスも一緒にいるのだけれども。私のことが心配だから、新しい家での暮らしに慣れるまで一緒にいてくれるのですって。

馬車が迎えに来たと宿の女将さん――ミーナに言われて、まとめておいた荷物を持って、一階に下ります。

改めて、ミーナにお礼を言いました。半月もの間、厨房をお借りしたり、買い物に付き合っていただいたり。とてもお世話になりました。

「コーユさん、またこっちに来るなら、新しい野菜でも仕入れておくからね。連絡しておくれよ」

「ありがとう、ミーナ。きっと、また来ますからね」

ミーナのおかげで、市場にも知り合いがたくさんできて、楽しい半月間だったわ。

あれもこれもと、ミーナが昼食用のサンドイッチや果実水の入った瓶、お野菜を渡してくるので、私は餞別《せんべつ》らしきものを両腕いっぱいに抱えています。

イリスにも荷物を持つのを手伝ってもらって、迎えに来たシエルさんに促され、馬車に乗って家へと急ぎました。

「コーユ様のご希望通り、屋敷の敷地の境には杭《くい》を打ったり、木を植えたりしてわかりやすくしてありますからね」

「ありがとう、シエルさん」

門や境界線には実のなる木や、香りのある木を選んで植えてもらいました。

どんな風に変わったのかしら。楽しみですわ。

馬車が原っぱを走ります。ここ半月の間に、この辺りの道が綺麗になったように感じるのはなぜかしら？

草がぼうぼうに生えていた原っぱは、背の高いものや藪枯《やぶか》らしのような蔓性《つるせい》のものは消え、見たことのあるハーブや薬草などが生えています。

ガタガタだった道は石ころが取り除かれて、馬車の揺れが少なくなっていました。

やがて馬車が停まり、ドアが開けられました。

シエルさんの手を借りて馬車から降り、家のドアの方へ視線を向けると、先日はなかった吊り下げ式の大きなベルがありました。

垣根代わりの木は綺麗に剪定《せんてい》してあり、ところどころに別の木が植えてあります。

玄関の外でもこれだけ違うのです。

家の中のホールには飾り棚などがつけられ、壁にはごく薄い緑色の布が貼ってありました。

ダイニングのテーブルにはクロスが掛かっていて、暖炉には化粧煉瓦《れんが》で飾られた新しい金属のガードがつけられています。

台所には鍋やフライパン、やかんが並べてあり、食器棚には揃いの食器が整然と……

望み通り——いえ、それ以上に綺麗にされています。

ダイニングの引き戸を全開にしてみますと……

目の前には草がすべて引き抜かれて耕され、あとは植えるのみとなった畑がありました。黒々とした土は、栄養豊かであることを主張しているかのよう。

私は幸せね……

そう感じたとき、知らず知らずのうちに、頬を温かいものが流れていきました。

〝ここで、生きていける〟——そう感じた私の涙腺は壊れてしまったみたいです。

涙が止まらなくなってしまいました。声を出すまいと目を瞑って我慢しようとしたけれど、瞼を閉じても涙はこぼれてしまうのね。

ふと、顔に布が触れて目を開けると、イリスがハンカチで私の涙を拭ってくれていました。

自分も泣きながら、私の涙を拭いているのです。

顔を上げながら大きく息を吸い、息を一度止めてからゆっくりと吐き出しました。

大丈夫、もう涙は止まったわ。

「シエルさん、素敵な家に仕上げてくださって、ありがとうございました。とても、とても素晴らしいです」

シエルさんの顔に安堵と喜びの色が見えます。

「ご満足いただけたようで、何よりです。ティユルの街も、ここの工事で大分豊かになりましたよ。こちらこそありがとうございます」

「そうなの？」

「ええ。ティユルは湯治場でもあることからわかるように、怪我をしている冒険者が多いのです。そういった者は、なかなか魔獣を倒しには行けなくて。でも、今回は彼らにも仕事が回ったため、ずいぶん潤っているのです」

「あら、そういう人たちにここでの仕事はありましたか？」

「草むしりや木の剪定、木工やタイル貼り、道の石を取り除くのにも、少しずつ仕事として依頼を出しましたから」

「そう。それで皆が良かったなら、私も嬉しいわ」

シエルさんとともに、私も微笑みます。

すると、思い出したかのようにシエルさんが尋ねました。

「あと、お聞きしたいことがありまして。ここから街の中心まではかなり遠いのですが、今後の連絡はどうつけたらよいでしょうか」

「連絡をつけるって？　どうして？」

「今までは街の馬車を使いましたが、今日からはどうされるのです？　ここには馬車はないでしょう？」

「ああ、そうね。どうしましょうか。元気なうちは、ゆっくり歩いて行くかもしれないわ」

「それは……」

「今は大丈夫よ。ゆっくり考えましょう。そのうち馬に乗れるようになるかもし……」

「コーユ様、おやめくださいね」

今まで黙って聞いていたイリスが、私の言葉にかぶせるように強く言ってきました。

結構、イリスって過保護よね。でも、落馬なんてしたら確かに骨を折りそうだわ。

「ええ、言ってみただけよ。一人で馬なんて乗らないわ」

「……わかりました。何かいい道具がないか調べておきます」

シエルさんが、笑いをこらえているようにそう言ってくれたのだけど……

「ありがとうございます。お願いいたします」

イリスが怖いからやめてね。笑うのは。

結局、簡易的な通信魔道具を設置することにしました。二人が私のことをとても心配して、なかなか話が進まなかったわ。とてもお高い買い物になったわね。

「なるべく早く設置できるように手配いたします。それまでは、ギルドから三日に一度、見回りを寄こしますね。それでは失礼いたします」

そう言って、シエルさんは帰っていきました。


その日の夜は、作り置いたパンとおかずをテーブルに並べてイリスと二人で食事です。今まで賑やかなところで食事をとっていたから、少し寂しいわね。

「イリスの部屋はこっちよ」

食事の後、私の右隣の部屋にイリスを連れていきます。

前もって部屋を用意してあると言ってあったからか、素直に中に入ってくれました。それでも、少し躊躇《ちゅうちょ》していたもの。使ってちょうだいと事前に言い聞かせておいて正解ね。

「ここは、イリス専用の部屋よ。だから、ゆっくりしてね」

部屋には書き物用のテーブルと椅子。ベッドと作り付けの箪笥《たんす》。箪笥には三面鏡がついていて、右側に服やタオルなどを入れる引き出し、左にはバッグや靴などを置く棚があるの。注文通りだわ。

イリスは室内をゆっくりと見回して……

「あ、ありがとうございます」

と、一言。声が湿って聞こえるのは内緒ね。

「私の部屋は隣だから。用事があったら来てね」

そう言って、自分の部屋に入りました。

靴を脱いで、ベッドに腰を掛けてみます。

ふぅ。これで落ち着ける場所ができたわ。

あとはのんびり、この家を自分の雰囲気に仕上げていきましょう。


お引っ越しをしたり泣いたりして、疲れたのかしらね。お風呂にも入らないで寝てしまったわ。

外を見ると、明るくなり始めているのがわかりました。

自分のお家なのだから、朝風呂してもいいわよね？

お風呂の蛇口を捻ると、お湯がじゃばじゃばと出始めました。どれくらいお湯が溜まったら入れるかしら。

水音を聞いていると、また眠気が……ふう……

あら、もう三十センチくらいは溜まっているのね。

作ってもらった湯桶で掛け湯をし、ざぶりと湯に浸かってみます。

んー……ふぅ。きっもちいいわぁ。

肩も、背中も腕も足も、湯船の中で思いっきり伸ばしてみると、身体中の凝りが解けていくよう。

湯上がりに台所でお水を飲みました。一気に目が覚めたわね。

タオルで髪の水気を拭き取りながらダイニングを抜け、外に出てみました。

畑の土が朝日を浴びて輝いているような気さえします。

今日から、この畑に何かを植えてみましょう。すぐには実が生らなくてもいいわ。

そう言えば、裏は森の近くだったわね。

森まではどのくらいの距離なのかしら。調べてなかったわ。

一応、家の土地の境目には杭を打ってもらっているはず……と思って歩いていくと。

杭……あったのですが……丸太でした。もう笑うしかありません。ぽつんと丸太が地面に刺さっているんですもの。

そして、その丸太の三十メートルほど先には、木々が生い茂っていました。

こんなに近いのね、森って。

ずっと奥を見ていましたが、何もいませんでした。

空を見ると、太陽がかなり高くなっています。

そうね、イリスを起こして朝食にしましょう。

家の中に戻って朝食の準備をし、イリスの部屋に向かいます。

「イリス、朝ご飯よ」

声をかけても起きないみたい……ノックしてみようかしら。

コンコンコン……

「ん、は……い」

「入るわよ？　どうしたの？」

イリスは未だにベッドの中です。いつもは朝早いのに、珍しいわね。

「どうしたの？」

あら？　イリスの顔が少し赤い気がします。

額に手を当ててみると……熱が出ているわ……

ずっと張りつめていた緊張の糸が切れたのでしょう……

台所に行ってボウルに水を張り、布を絞って額に置いてあげました。

水もカップに入れて……そうね。塩とシロップを少し。

「イリス、とりあえずお水を飲んでくれる？」

上半身を起こして口元にカップを寄せると、イリスは自分でこくこく飲み干しました。自分で飲めるなら少しは安心かしら。とにかく今は寝かせてあげましょう。

自分の部屋に戻って、キャリーバッグを開けてみました。熱冷ましの薬もあるけれど、素人《しろうと》判断は怖いのでやめておいたほうがいいわね。

タオルだけを出して、再びイリスの部屋に行ってみると、よく寝ていました。まだ顔は赤いけれど、発熱なら当たり前。様子を見ましょう。

でも……心配は心配よね……既往症《きおうしょう》も知らないし。うん、まあ仕方ないわね。


とりあえず私は、家の外に出て話しかけました。

「ねぇ、イーヴァ。イリスが熱を出したみたいなの。エルムと連絡を取ってちょうだい」

そう、イーヴァです。

ティユルに着く直前から、ずっと気配はあったものね。側で見てくれていることも、ちゃんと護衛してくれていることも知っていたわ。

「気がついていたの？　ばあちゃん」

「まあね。だって仕方ないわよ。これが見えるのですもの」

「あっ」

「本当に隠れるつもりなら、これも隠しておかなきゃ」

そう、この赤い紐がちらちら見えていたから、私は遠慮なく自由に動けたの。

さすがに、まだイーヴァの修業は終わっていないでしょうけど……きっと、リーンさんからお許しが出たのね。

でも、今はイリスのために、エルムのところに行ってもらいましょう。

「イーヴァ。多分、ただの熱だと思うのだけれども、エルムに伝えて念のためお医者さんか、回復のできる方を呼んできてちょうだい」

「でも、護衛……」

「この家にいるから大丈夫」

「ばあちゃん……絶対、家にいるよね？　結界石、家の隅に置いておくから出ちゃダメだよ」

そうね、前のこともありますからね。イーヴァを安心させるためにも、この家の敷地からは出ないと約束しましょう。

「イーヴァ、その結界石って、範囲はどのくらい？」

「うーん、この家と庭……前の庭くらいまでなら大丈夫だと思う」

「そう。この敷地から絶対出ないから、お願いね？」

「うん。わかった。出ちゃダメだよ？」

「はいはい。早くお願いね」

「うん。じゃ行ってくる」

そう言うと、イーヴァは走って行きました。

前の庭なら大丈夫って言ってたわよね。さて、私のお庭には熱冷ましの薬草はないのかしら？

探してみましょう。探すのなら、探査《スキャン》でいいのかしら。

手に集めた魔力を薄く広げる……私の欲しいものは、熱冷ましに使える薬草。

ドコニアル？

薄く薄く広く広く……庭には何もない……

もっとヒロク……ヒロク……

熱冷ましのヤクソウ……

ヒロク……ヤクソウ……サガシテ
ドコ？　ドコニアル？

ウラ？　ウラに集まって来た？

行ってみましょう。

ふぅ……

ダイニングの勝手口から外に出て、結界石の範囲から出ないように、ギリギリを歩きます。

すると、近くにある木の陰に何者かの気配を感じました。

私に対する害意はないようだけれど……どうしましょう。

木の陰から、草が差し出されます。一つではなく、いくつもいくつも……

「これは薬草なのかしら？　私にくれるの？」

返事はないけれど、木の根元にたくさん草が積み上げられました。

木の陰から見えるのは、しっぽらしきもの……

そう、薬草は森にあったのね。それを森の動物が採ってきてくれたみたい。不思議なこともあるものね。

お礼は何が良いかしらね……そういえば、もうすぐ冬がくると聞いたわ。

では、神様に貰った私の特技《スキル》でお返しをしましょう。

緑の手は植物の生育を促すもの。これも、コンナ村で神様に使い方を教えていただいたのよ。

手から少しずつ放たれた力は、森の方へ広がっていきます。

私の力が、少しでも木々の恵みになりますように。

私の力が栄養となり、この地に実りがありますように。

気がつくと、力の放出は収まっています。

森はいきいきとして、まるで早回しの映像のように花が咲き乱れ、しぼみ、恵みの実が生りました。

あっ、ちょっと、やりすぎたかしら……

森ごと、溢れてきてしまったみたいです……

確か森までは三十メートルくらいあったはずなのに、すぐ側まで迫ってきているわね……

足元の草の間には小さな木も生えてきています。き、気にしないことにしましょう。

薬草の小山に目を向けると、その奥の木々の間からぱたぱた振られている毛束のようなものがあちらこちらに見えます。

私は、それらに向かって言いました。

「もう少ししたら実を採っても大丈夫だから。私は薬草だけ貰ったらお家に帰るわ」

木の根元にたっぷりある薬草を拾い、それを持って家に入ろうと踵を返したところで……そうだわ。

「薬草を摘んできてくれて、ありがとうございました」

お礼を言うのを忘れていました。

家の中で、イーヴァの帰りを待ちましょう。

きっとお医者様と、エルムやサパン、シェヌを連れてきてくれるに違いないわ。

イリスが元気になったら、皆で家でお祝いしましょう。

たくさん美味しい料理を用意すれば、きっと喜んでくれるわね。

そんなことを考えながら、私は家の中に戻ったのでした。

夏本ゆのす（なつもと ゆのす）

広島県在住。猫と酒と肴をこよなく愛す。苦手なものは運動。2016年より、アルファポリスのWebサイトにて『異世界召喚に巻き込まれたおばあちゃん　～森でのんびりさせていただきます～』の連載を開始。徐々に人気を得て、2018年同作にて出版デビュー。

イラスト：いけや

https://ikeya1111.wixsite.com/mysite

本書はWebサイト「アルファポリス」（http://www.alphapolis.co.jp/）に投稿されたものを、改稿、加筆のうえ、書籍化したものです。

異世界召喚《いせかいしょうかん》に巻《ま》き込《こ》まれたおばあちゃん ～森《もり》でのんびりさせていただきます～

夏本 ゆのす

2018年　4月　5日初版発行

編集－篠木歩・太田鉄平
編集長－塙綾子
発行者－梶本雄介
発行所－株式会社アルファポリス
　〒150-6005 東京都渋谷区恵比寿4-20-3 恵比寿ｶﾞｰﾃﾞﾝﾌﾟﾚｲｽﾀﾜｰ5F
　TEL 03-6277-1601（営業） 03-6277-1602（編集）
　URL http://www.alphapolis.co.jp/
発売元－株式会社星雲社
　〒112-0005 東京都文京区水道1-3-30
　TEL 03-3868-3275
装丁・本文イラスト－いけや
装丁デザイン－AFTERGLOW
印刷－中央精版印刷株式会社

価格はカバーに表示されてあります。
落丁乱丁の場合はアルファポリスまでご連絡ください。
送料は小社負担でお取り替えします。

ISBN978-4-434-24449-0 C0093